KB269584

호텔 V의 투숙객

호텔 V의
투숙객

양지운 단편집

글

차례

호텔 V의 투숙객

그녀는 사흘 전 이곳에 왔다. 나이는 삼십 대 중반이고 갈색 머리에 작지만 섬세한 눈을 지녔다. 예정된 숙박이 끝나 갈 무렵, 그녀는 프런트에 와서 일주일만 더 투숙하고 싶다고 말했다. 지금은 비성수기이고 호텔 V의 주변에 더 깨끗하고 신식인 호텔이 많았지만, 그녀는 방을 옮기지 않았다. 직원들은 그녀에게 호감을 가지고 있었다. 그들은 까탈스럽지 않고 방안에 걸린 액자처럼 있는 듯 없는 듯 조용히 지내는 그녀를 인상적으로 보았다.

호텔 V에서 가장 오래 근무한 청소부는 투숙객

의 짐을 보면 여행의 목적을 알 수 있다고 했다. 하지만 청소부 역시 호텔 V를 홀로 찾은 투숙객에 대해서는 아무것도 알아내지 못했다. 손님의 가방에 든 것이라고는 푸른색 리넨 셔츠 한 장, 청바지 한 장, 양말, 속옷, 로션과 선크림, 선글라스가 다였다. 책도 없고 노트북도 없었다. 하다못해 펜과 수첩조차도.

그녀는 아침 여덟 시가 되면 조식을 먹으러 식당에 내려왔다. 그래봤자 소량의 샐러드와 오렌지 주스가 식사량의 전부지만. 요거트는 반만 먹거나 호주머니에 챙겨 방으로 가져갔다. 그녀는 오전 내내 문고리에 'Do not disturb' 팻말을 걸어놓고 꼼짝도 하지 않은 채 방안에 머물렀다. 태양이 한가운데 높게 걸리면 비로소 방을 나왔는데, 언제나 가슴 부분이 구겨진 흰 티셔츠에 낡은 청바지를 걸쳤다. 그녀는 로비로 와서 두어 시간 정도 외출할 계획이니 쓰레기통만 비워 달라고 부탁했다. 직원들은 그녀가 코앞에 있는 해변에 간다는 걸 안다. 그리고 한 시간도 안 돼 돌아오리라는 것도.

그것이 그녀에 대해 아는 전부다. 이름, 나이,

주소가 숙박계에 적혀 있기는 하지만 그것이 그녀에 대해 알려주는 정보는 제한적이다. 그녀가 사는 집은 이 도시에서 너무 멀고, 그녀의 이름은 너무 흔하다. 숙박계에 직업도 적게 되면 좋으련만. 그들은 생각했다.

호텔 V에는 매일 새로운 손님이 찾아온다. 예약 손님이 대부분이지만 다짜고짜 방이 있는지 물어보는 사람도 있다. 그런 사람들은 가격을 물어보고 잠시 고민한 뒤 지갑을 꺼낸다. 어차피 다른 곳도 비슷비슷할 테니까.

그녀도 그랬다. 호텔 V의 누구도 그녀가 그토록 오래 여기 머무를 줄은 몰랐다.

"그 여자는 대체 무엇 때문에 여기 왔을까요?"

그들은 그녀가 일주일씩 연장하는 걸로 보아 무언가 기다리고 있는 거라고 생각했다. 어떤 기막힌 소식 혹은 확고한 신념, 결정 같은 것.

"그녀는 언제까지 여기 있을까요?"

일주일, 또 일주일, 또 일주일, 이렇게 세 번 연장하면 한 달이 된다. 그녀는 열한 번째 연장을 했다.

"내일부터 방 예약이 다 찼어요."

직원이 말한다.

"언제까지요?"

그가 빠르게 체크를 한다.

"일요일까지요. 하지만 요즘 같은 성수기에는 금세 또 차버릴지도 몰라요."

직원들은 며칠 전부터 지금이 피서철이고 호텔 V가 슬슬 성수기 시즌에 들어왔다는 걸 그녀에게 알릴지 말지 고민했다. 지배인은 그녀가 늘 일주일씩만 연장하는 걸로 보아 손님을 붙잡아 두는 듯한 말은 하지 않는 게 좋겠다고 말했다.

"하지만 만에 하나 그녀가…."

지배인은 그녀에게 호의를 가지고 있다. 그녀는 인터넷에 올라온 할인된 가격에 예약하지 않는다. 그녀는 아침에 레스토랑에서 돼지처럼 음식을 많이 먹지도 않는다. 그녀는 일주일에 한 번 시트를 갈아줄 것과 샴푸나 비누가 떨어진 경우에만 전화로 요청한다. 그녀는 방 안에서 담배를 피우지 않는다. 수건도 이틀에 한 번 꼴로 바꾼다.

지배인이 아이디어를 냈다. 빈방이 나올 때까지 직원들이 숙소로 쓰는 방을 내어주면 어떻겠냐는 것이었다. 물론 반값에. 그 방은 일반 객실과 별 차이는 없지만 전망이 좋지 않고 길 건너편에 식당이 있어 좀 시끄러웠다. 그녀는 상관없다고 했다.

다음 날 오후 그녀가 방을 옮겼다. 방은 깨끗했다. 전날 숙소 직원이 자기 물건을 한 층 아래 있는 창고에 옮겨 놓았다. 옷가지와 식기, 전자레인지, 통조림, 라면 등. 짐은 몇 개 안 되었다. 그는 그 일을 십 분 만에 해치웠다.

조용했던 호텔 V는 모처럼 사람들로 북적거렸다. 호텔 V에서는 가격을 두 배로 올렸다. 그래도 방은 만실이었다. 세 명이 더블룸에 묵기도 했다. 직원들은 지난가을 창고에 넣어 둔 매트리스를 꺼내 먼지만 후후 불고 시트로 대충 덮은 뒤 방안으로 올려보냈다.

그녀는 평소보다 한 시간 일찍 레스토랑에 내려왔다. 원래대로라면 등대 사진이 걸린 기둥 옆 테이블이 그녀의 자리였겠지만, 서둘러도 자리는 매번 다른 사람의 차지였다. 그녀는 어린아이처럼 문가에 서서 망설이다가 혼자나 둘이 온 사람 근처에 앉았다.

손님들은 호텔 V의 장기투숙객에게 관심이 없

었다. 그보다는 오늘 날씨가 어떤지가 더 중요했다. 길어야 사나흘 뒤면 떠날 예정이었으므로 얼마나 더 알차고 즐겁게 휴가를 보내야 할지에 대한 걱정과 기대로 심란한 표정을 지었다.

한번은 그녀의 테이블에 한 남자가 앉았다. 직원들은 깜짝 놀랐다. 지금껏 그녀가 누구와 이야기를 나누는 걸 본 적이 없기 때문이다. 그들은 재빨리 그 남자가 언제 누구랑 왔는지 떠올려 보려 애썼다. 특별한 사건이 없는 한 호텔 V에 찾아온 손님들을 일일이 기억할 수는 없다.

그들은 안 보는 척하면서 두 사람을 살펴보았다. 대화는 싱거울만큼 빨리 끝났다. 남자가 그녀를 아는 사람으로 착각한 것이다. 그는 무안한 얼굴로 미안하다고 말하고는 자기 자리로 돌아갔다.

날씨는 점점 더 무더워졌다. 손님들은 비키니 위에 속이 비치는 얇은 티셔츠를 걸치고 밖으로 나왔다. 이날을 위해 여자들은 한 달 전부터 다이어트를 했다. 남자들은 자동차를 정비하고 아이들을 위한 물건을 한 아름 샀다.

그들은 바다에서 할 수 있는 모든 것을 생각해보았다. 수영, 서핑, 공놀이, 물에 자빠뜨리기, 다

이빙, 파도타기, 잠수하기, 모래성 쌓기, 세상에서 가장 빨리 지워지는 그림 그리기 등.

물장구를 치고 돌아온 아이가 팔뚝을 보여주며 소금이 생겼다고 말했다.

"그건 모래야."

아이보다 두 살 많은 누나가 잘난 척을 했다.

그녀는 새 옷을 입고 내려왔다. 챙겨온 옷들은 이 계절에 입기에 적절하지 않았다. 그녀는 몇 벌 안 되는 옷을 늘 손빨래를 했다. 누가 움켜쥐었다 편 것처럼 구겨진 티셔츠가 그 때문이라는 걸 이제 직원들은 안다. 그녀는 어깨가 드러나는 파란색 원피스를 입었다. 그 옷은 눈에 익었다. 호텔 V에서 가장 가까운 편의점에서 파는 싸구려 원피스였다.

직원들은 내기를 했다. 이 여름이 가기 전에 그녀가 바다에 들어갈 것인가 말 것인가.

"그녀는 들어가지 않을 거예요."

한 명만 빼고 모두가 입을 모아 말했다. 수영복이 없어서가 아니다. 그녀가 뭔가를 능동적으로 하는 모습을 상상할 수 없어서였다.

"그건 너무 피상적인 이유예요."

이곳에서 가장 젊고 자유분방한 남자가 말했

다. 그는 호텔 V의 벨보이였다. 말이 벨보이지 온갖 허드렛일을 도맡아 했다. 전등을 갈고, 침구를 나르고, 중요한 우편물을 부치기도 했다. 그래도 그의 주된 업무는 손님들의 가방을 들어주는 일이었다.

그는 십 대 때부터 방황했고 사람들에게 차마 말 못 할 나쁜 짓도 여러 번 저질렀다. 그는 스물두 살에 파도에 떠밀려 온 해초처럼 이곳에 왔다. 맨 처음에는 그도 호텔 V의 투숙객이었다. 돈이 떨어지자 지배인에게 일자리를 부탁했다. 지배인은 일자리뿐만 아니라 2층 구석에 있는 방 한 칸까지 내주었다.

그는 창고에 매트리스를 펼치고 잠이 들었다. 지배인이 자신의 집에서 지낼 것을 권했지만 그는 사전에 벨보이에게 이 문제를 상의했다 그는 지배인을 귀찮게 할 생각이 전혀 없었다. 그는 지배인을 좋아했다. 지배인이 없던 일자리를 만들어 준 걸 알았기 때문이다.

지배인은 말수가 적고 점잖은 남자로, 평소 자신에 관한 얘기를 거의 하지 않았다. 직원들이 그에 대해 아는 것이라고는 독신이라는 점과 이 호텔이 생길 때부터 여기 있었다는 점이다. 하지만 사람들은 생각보다 그에 관해 많은 걸 알고 있다. 그가 얼마나 세심한지, 근면한지, 정직한지, 인정이 많은지 등. 단지 그것이 타인을 이해하는 데 중요한 정보라고 생각하지 않기 때문에 잘 모른다고 단정 짓는 것이다.

호텔 V는 왕년에 잘나갔을지 몰라도 이제는 그렇고 그런 호텔에 불과했다. 칠 벗겨진 외벽, 유행 지난 베네치아풍 발코니. 로비에 달린 샹들리에 중 여섯 개의 전구는 나간 지 오래였다. 벨보이는 손님이 오면 문을 열어 주고 가방을 들어 주었다. 손님들은 그에게 짐을 맡기려고 하지 않았다. 이곳을 찾는 손님들은 팁을 주는 데 인색했다. 팁이 뭔지는 알아도 팁을 주는 건 낭비라고 생각했다.

벨보이는 손님들이 방 열쇠를 건네받는 걸 보고 나면 부리나케 달려와 가방을 낚아챈 다음 "팁은 필요 없어요."라고 말했다. 그리고 방까지 짐을 날라 주었다.

그는 603호 손님에게도 가방이 없는지 물어보았다.

"없어요."

그는 실망했다. 그날 호텔 V를 찾은 손님은 그

녀가 유일했기 때문이다.

그는 호텔 V가 적자를 낼까 봐 두려워했다. 그가 여기 온 지도 삼 년이 넘었다. 손님은 날이 갈수록 줄어들었다. 근방에 새 호텔들이 들어서고 있었다. 아침이 되면 사방에서 공사하는 소리가 났다.

"시끄러워서 잠을 잘 수가 없어요!"

손님들은 항의했다. 프런트 직원은 죄송하다는 말만 앵무새처럼 반복했다. 호텔 V에서 해결해 줄 방법은 없었다. 그런데도 그 일은 투숙객들에게 나쁜 인상을 남겼다. 다른 호텔도 공사 소음이 나는 건 마찬가지지만 손님들은 거기까지 생각하지 못했다. 그들은 호텔 V의 낡은 시설물과 무력한 응대에 대해 홈페이지 게시판에 악질적으로 후기를 남겼다.

벨보이는 일이 없을 때면 종종 손님들의 부탁을 들어주었다. 필요한 물건을 사다 주기도 하고 손님들이 외출한 사이 아이를 봐 주기도 했다. 아이들은 대체로 성질이 고약했다. 그래도 그는 짜증 내지 않고 놀아 주었다. 호텔 V의 손님들이 좋은 기억을 가지고 언젠가 다시 찾아 주기를 바랐으니까.

그는 쥐꼬리만 한 월급을 받았다. 담배를 사고 식사 한 끼를 밖에서 해결하면 끝나는 돈이었다. 그래도 일이 단순하고 공짜로 숙식이 제공되는 걸 생각하면 레스토랑에서 남은 음식도 싸갈 수 있었다 나쁘지 않은 조건이었다.

그는 그녀가 하루만 묵고 갈 거라고 생각했다. 그녀는 사흘을 묵고 일주일을 더 연장했다. 그리고 일주일 더, 일주일 더, 일주일 더……. 그는 그녀가 며칠 동안 여기 있었는지 세어 보았다. 하지만 언제부터인가 정확한 날짜를 계산하지 못했다. 그러려면 계산기가 필요했다.

그는 그녀가 나오는 시간에 맞추어 밖으로 나갔다. 오후 한 시경 그녀가 나왔다. 그는 담배를 물고 그녀의 뒷모습을 물끄러미 바라보았다. 그녀는 점점 작아지다가 사라졌다. 하지만 조금만 기다리면 멀리서 다시 나타났다. 점점 커졌다.

하루는 몰래 물건을 사러 가는 척하면서 그녀를 쫓아갔다. 그녀는 해안가를 따라 걸었다. 해변이 큰 편은 아니어서 이십 분이면 끝이 났다. 그녀는 모래사장에 앉거나 자판기에서 음료수를 뽑아 먹지도 않았다. 지나가는 사람들에 시선을 빼앗기지도 않았다. 그녀가 몸을 돌렸고 그는 나무 뒤에 몸을 숨겼다.

그는 직원들에게 그녀가 바다에 들어갔다고 했다. 사람들은 속지 않았다. 바보가 아닌 이상 그녀가 정말 물에 들어갔다고 믿는 사람은 없었다.

직원들은 벨보이가 그녀를 좋아하는 걸 알고 있었다.

"아마도 유부녀일 거야. 남편한테 도망쳐서 여기서 숨어 지내는 거지."

프런트 직원이 말했다. 전에도 그녀와 같은 여자들을 몇 번 본 적이 있다고 했다. 그런 여자들은 주로 방 안에 숨어 지내고 자신에 대해 말하기를 두려워한다. 그리고 다 그런 건 아니지만, 대체로 얼굴이 반반한 편이다.

벨보이는 즉각 반박했다. 그녀가 남편이나 다른 누군가한테 쫓기고 있다면 신용카드로 계산할 리 없다. 요즘 세상에는 카드 기록만 조회하면 누가 어디에 있는지 다 알 수 있으니까.

"그야 그렇지. 그럼 이건 어떻게 생각해? 그녀는 아침마다 자기를 찾는 사람이 없는지 물어봐.

내가 없다고 말하면 그녀는 그제야 모두가 다 아는 대사를 꺼내지. '일주일만 더 연장할 수 있을까요?'라고."

어느 날 프런트 직원이 문밖으로 나가려는 그녀를 불러세웠다.

"내일 방을 옮겨드릴게요."

그녀가 직원 숙소에 묵은지 3주가 넘어갈 때였다. 지배인은 특별히 그녀가 원래 묵던 방으로 배정해 주었다. 그녀는 한 달을 연장했다. 지금까지 연장한 기간 중 최장기간이었다.

그날 저녁 벨보이는 창고에 있던 짐을 들고 숙소로 돌아갔다.

방안은 깨끗했다. 청소부는 그녀가 쓰던 침구며 찻잔, 가운, 슬리퍼, 칫솔, 비누, 샴푸와 린스까지 다 가져갔다. 그것은 엄밀히 말하면 투숙객 전용이니까. 그런데도 그는 문을 열자마자 전에는 나지 않던 낯선 체취를 맡았다.

그는 책상 서랍을 열었다. 책 한 권이 있었다.

그것은 그의 책이 아니다. 전에 여기서 지냈던 직원의 책이다. 그는 호텔 V의 경비원으로 오십 대 중반이고 살찐 개처럼 숨소리가 거칠었다. 그는 어느 날 열사병으로 쓰러졌고 재수 없게 쇠 난간에 머리를 찧고 죽었다. 청소부는 그의 책을 치우지 않았다. 벨보이가 책에 관해 물었을 때 그녀가 말했다.

"그가 그 책을 읽는 걸 본 적이 있어. 꼭 그래서는 아니지만 책을 버리는 건 이상하게 죄책감이 느껴져."

책은 서랍 속에 있었다. 그는 책을 꺼냈다. 짐을 치울 때 일부러 책을 두고 간 건 자신의 물건이 아니어서이기도 했지만 603호 손님이 책을 읽을지도 모른다는 기대감 때문이었다.

호텔 V의 직원들은 그녀가 방안에 있을 때 무얼 하는지 알지 못했다.

"잠만 자는 건 아닐 거야. 뭔가 하긴 하겠지."

하지만 그들도 '뭔가'가 뭔지는 몰랐다. 방에는 손님들이 '뭔가' 할 만한 게 없었다. 티브이를 보거나 반신욕을 하거나 바다를 구경할 수는 있다. 그것들만 하기에는 그녀가 너무 오래 있었다는 뜻이다. 벨보이는 그녀가 그 책을 읽었을지도 모른다고 생각했다. 그는 침대에 누워 책을 펼쳤다. 평소 책이라면 진저리를 쳤지만 그날 처음으로 책을 읽었다.

호텔 V의 성수기는 짧고 씁쓸하게 끝이 났다. 그녀는 다시 일주일만 연장했다. 레스토랑에도 한 시간 일찍 내려올 필요가 없었다. 자리는 남아돌았다. 남은 건 그뿐만이 아니었다. 주방장은 식자재 주문량을 대폭 줄였다. 버려지는 음식을 보는 건 그리 기분 좋은 일이 아니었다.

직원들은 때늦은 휴가를 떠났다. 경리팀 여직원은 오렌지색 비키니를 샀다. 이틀 뒤 남자친구와 해외로 떠날 계획이었다. 거기는 사시사철 비키니를 입을 수 있다.

직원들이 매일 보는 바다가 지겹지도 않냐고 물었다.

"세상에 같은 바다는 없어요."

그녀가 대꾸했다. 그건 틀린 말이다. 바다는 이론상 똑같다. 육지는 끊어져 있어도 바다는 끊어져 있지 않다. 하지만 그들은 그 말이 무슨 뜻인지 안다.

그들은 비상 연락망을 공유했다. 그들이 생각하는 비상시에는 603호 손님이 떠나는 경우도 포함되어 있었다.

그녀는 반년째 호텔 V에 머무르고 있었다. 그들은 이제 정이 들어서 그 여자가 떠나는 날을 상상하지 못했다.

사람들은 그녀가 이 근방에 월세를 내고 방을 얻는 게 더 나았을 거라고 생각했다. 호텔 V가 아무리 구식이라고 하더라도 호텔은 호텔이기 때문이다. 물론 재정적 관점에서 그렇다는 것이지 그게 잘못됐다는 건 아니다. 그들은 아직도 그녀가 왜 여기 머무는지, 그리고 왜 떠나지 않는지 알지 못하기 때문이다.

프런트 직원이 휴가를 간 사이 벨보이가 프런트를 봐 주었다. 어차피 손님도 많지 않고 일주일이면 되었다. 지배인도 모르는 척했다. 대체할 만한 인력도 마땅치 않았다.

그는 가방 옮기는 일을 하지 않았다. 하지만 이제 보니 프런트도 어지간히 할 일이 없었다.

사흘째 되는 날 낯선 남자가 들어와 한 여자를 찾고 있다고 말했다. 그녀의 이름을 말하며 여기 묵는지 알고 싶다고 말했다.

그는 중년 남자로 건장한 체격에 부드러운 눈

매를 가졌다. 깊고 낮은 목소리에 교양 있는 말투를 썼다. 자기 기분에 따라 여자를 패거나 주무르는 남자처럼 보이지는 않았다.

벨보이는 호텔 정책상 투숙객의 정보를 알려줄 수 없다고 말했다. 남자가 사정했다.

"벌써 수개월째 그녀를 찾아 헤맸어요. 며칠 전에야 이 도시에 있다는 걸 알게 되었지요."

"그렇다면 경찰서에 가는 편이 더 낫지 않을까요."

"그녀는 실종된 게 아니에요."

남자가 정색하며 말했다.

"스스로 떠난 겁니다. 타의에 의해 사라진 게 아니에요."

"그녀가 왜 떠났을까요?"

남자가 그의 눈을 똑바로 쳐다보았다.

"그쪽은 뭔가 알고 있군요."

"어쩔 수 없네요."

벨보이가 대답했다.

"그녀는 며칠 전 떠났습니다. 우리 호텔에 반년 넘게 머물렀지요."

"어디로 갔는지 아세요?"

"아뇨. 저희가 아는 건 손님들이 여기 '있었다'는 것과 이제는 '없다'는 것뿐입니다."

그는 남자가 호텔 근처를 배회하고 있는 것을 보았다. 그녀가 아직 이 근방 어딘가에 있을 거라고 믿는 모양이었다.

그는 603호 여자가 로비를 지나가는 걸 보았다. 그가 그녀를 불러세웠다.

"죄송하지만 방에 문제가 있어서 점검을 해야 할 것 같아요."

그는 그녀를 데리고 방으로 올라갔다.

다음날 그는 남자가 여전히 거기 있나 살펴보았다. 이 외딴곳까지 남자를 피해 달아난 여자를 찾아 헤매는 남자는 보이지 않았다.

프런트 직원은 좀 그을려서 돌아왔다. 그가 선물로 냉장고에 붙이는 병따개를 주었다. 직원이 별일 없었는지 물었다.

"아무 일도 없었어."

벨보이가 말했다.

"물론 그녀를 찾는 사람도 없었고 말이야."

그는 누구에게도 그 남자 이야기를 하지 않았다. 별로 어려운 일은 아니었다. 그는 이것 말고도 많은 비밀을 가지고 있다. 세상에 비밀은 없다고 믿는 사람은 순진하거나 정직하지 못한 사람이다.

지배인이 그에게도 휴가를 주었지만 그는 아무 데도 가지 않았다. 작년에도, 재작년에도 호텔에 남았다. 어떤 사람에게는 떠나는 일보다 남는 게 더 중요할 수도 있다. 자유란 돌아올 곳이 있어야 비로소 가능하다. 하지만 올해는 이유가 좀 달랐다. 그는 자기가 없는 사이 남자가 그녀를 데려갈까 봐 두려웠다. 그는 문가에 서서 남자가 서성거리지 않는지 둘러보았다.

며칠 후 호텔 V에 두 명의 경찰이 찾아왔다. 그들은 CCTV를 열어 남자가 사망 당일 호텔 V에 들어가는 걸 보았다. 그들이 벨보이를 불러 남자와 무슨 이야기를 나누었는지 물었다.

"그는 빈방이 있는지 물었어요. 하룻밤에 얼마인지도요. 그게 다입니다."

경찰은 호텔 V에 있는 또 다른 목격자도 찾아냈다.

청소부는 퍽 나이가 들었다. 그녀가 이곳에서 일한 지도 십 년이 넘었다. 이전에도 청소를 했는데 호텔은 아니었다. 빌딩 사무실 청소였다. 호텔 V에서 사람을 구한다는 광고를 보고 그녀는 모든 걸 정리한 뒤 내려왔다. 남편이 간암으로 죽고 난 직후였다.

지배인은 집을 구할 때까지 호텔에서 지내도 좋다고 말했다.

그녀는 쉰두 개의 객실을 둘러보며 근사한 기분을 느꼈다. 그녀의 손에 전 객실을 열 수 있는 마스터키가 있으며 그녀가 청소하는 동안은 아무도 방해하지 않았기 때문이다. 도시는 고즈넉했고 손님들은 여유로웠으며 일이 끝나면 하루를 마감할 적당량의 피로감도 느낄 수 있었다.

호텔 V에는 그녀 말고도 청소부가 여럿 있었다. 그들은 툭하면 일을 관두었다. 그녀만큼 숙련되지 않기도 했지만 이 일을 평생 할 마음이 없었다. 지배인은 급여를 대폭 올렸다. 그래도 직원들은 쉽사리 구해지지 않았다. 설령 구한다 한들 일이 년이면 그만두었다.

어느 날 그녀가 청소하고 있는데 언제 왔는지 지배인이 뒤에 서서 말했다.

"대충 하세요. 어차피 이 호텔은 한물갔으니까요."

그녀는 깜짝 놀라 지배인을 쳐다보았다. 그는 평소 자신이 관리하는 호텔을 깎아내리듯 말한 적이 없었다. 그것은 자기 자신을 깎아내리는 말이 될 테니까.

지배인은 조용하고 기품 있는 남자였다. 눈썹은 잔털 제거가 잘 되어 있고 허리는 꼿꼿했다. 수트에서는 은은한 향수 냄새가 나고 구두는 광택이 났다. 젊었을 때는 꽤나 미남이었을 것 같은 얼굴이었다. 그녀는 지배인이 젊을 대 사랑했던 여자가 있었고 그 여자가 떠난 뒤 이 호텔에 와서 정착했다는 말을 들은 기억이 있다.

그녀는 며칠 전 허리가 아파서 병원에 갔다. 병원에서는 디스크가 상당히 진행되었다고 말했다.

"더는 일 하시면 안 돼요."

그녀는 지배인에게 그 사실을 숨겼다. 그녀는 늙으면 몸이 고장 나는 건 자연의 순리이며, 의사들이 돈을 벌기 위해 그것을 마치 개인적인 큰 사건처럼 과장하는 거라고 생각했다.

그녀는 청소 카트를 밀고 복도를 걸어갔다. 방 하나를 치우는 데는 보통 삼십 분이 걸린다. 그런데 이제는 사십 분이 걸렸다. 그나마 손님이 줄어서 전보다는 할 일이 줄었는데도 어떤 때는 허리가 끊어질 듯 아프고 숨이 헐떡헐떡 넘어갔다. 그녀는 603호에 들어가면 잠깐 테라스에 앉아 쉬었다. 그 방은 십 분이면 되었다. 단 십 분.

그날도 그녀는 테라스에 앉아 휴식을 취하고 있었다. 한 남자가 바닷물에서 수영을 하고 있었다. 바다에 들어가기에는 좀 쌀쌀한 날씨였다. 간혹 그런 사람이 있기는 했다.

"주로 젊은 남자들이 그러하죠."

청소부는 그 남자가 죽었다는 걸 알고 큰 충격을 받았다. 남자가 단순히 바다를 즐기고 있는 줄로만 알았던 것이다. 그녀가 테라스에 앉아 그를 보고 있을 때 그는 살려달라고 허우적거리고 있었다.

사실 그것은 대단한 사건이 아니었다. 드물게도 그런 비극적인 일들이 일어났다. 사람들이 바다로 할 수 있는 일 중에는 죽음도 있으니까.

경찰은 이 근방의 목격자들을 샅샅이 조사했다. 그런 다음 남자의 사인을 자살이 아닌 단순 사고사로 결론지었다. 남자는 빚도 없고 삶의 실패도 없고 유서도 없었다. 어찌 된 일인지 몰라도 그의 가족과 친구들은 남자가 잃어버린 게 무언지 알지 못했다.

그들은 남자가 집에서 멀리 떨어진 낯선 도시에서 발견된 걸 의아해하면서도 그의 죽음이 사라진 한 여자와 관련된 것임을 조금도 짐작하지 못했다.

지배인은 이 사건으로 혹여라도 손님들이 동요할까 봐 전전긍긍했다. 그것은 호텔 V의 이미지와 관련이 있었다. 설령 그 사건이 호텔과 아무런 관련이 없다고 할지라도 말이다.

지배인은 아침 일찍 직원들을 소집했다. 그리고 경찰이 이곳에 다녀갔다는 걸 손님들이 알지 못하게 주의할 것을 당부했다.

프런트 직원이 벨보이를 불렀다. 직원이 자기 담배에 불을 붙이고 그의 것에도 붙여주었다.

"넌 더 아는 거 없어?"

"뭐?"

"그 남자 말이야. 이상한 낌새는 없었냐 이 말이야."

"없었어. 전혀."

"대체 그 남자는 왜 죽었을까?"

“나도 모르지.”

벨보이는 방안으로 돌아와 침대에 누웠다. 남자가 찾아왔던 날, 그는 막 호텔 밖으로 나가려는 그녀를 데리고 엘리베이터에 올라탔다. 그녀가 불안한 눈초리로 그를 바라보았다. 방을 점검해야 한다는 말은 즉흥적으로 입에서 튀어나온 말이었다. 그런데도 그녀는 무슨 문제가 있는지, 자신이 왜 동행해야 하는지 캐묻지 않았다.

그는 그녀의 방에 처음으로 들어가 보았다. 방안은 잘 정돈되어 있었다. 침구는 주름 하나 없이 반듯하게 펴져 있고 커피와 녹차 티백은 열을 맞추어 선반에 가지런히 놓여 있었다.

“잠시만요.”

그가 테라스로 나갔다. 구름 한 점 없는 쾌청한 날씨였다. 뜨거운 햇살 사이로 바람이 제법 강하게 불었다. 태양과 바람이 이솝 우화처럼 싸우고 있었다. 딱 그런 계절이었다.

그는 남자가 어디쯤 있는지 살펴보았다. 남자를 발견하는 건 어렵지 않았다. 가장 고독해 보이는 사람을 찾으면 되었다. 남자는 그녀가 늘 향하던 해안선 반대편을 따라 점점 작아지고 있었다.

벨보이가 그녀를 돌아보았다.

"아무 문제 없네요. 뭔가 착오가 있었나 봐요."

그녀는 남자가 죽은 걸 알지 못했다. 시체는 여기서 2킬로미터 떨어진 해안가 절벽 아래에서 발견되었다. 이곳 해안은 겉보기에는 평화롭고 조용했다. 아주 가끔 높게 솟은 파도가 성나 보이기는 했다. 이제는 사람들이 바다와 놀려고 하지 않기 때문이다.

벨보이는 문가에 서서 손님들을 위해 문을 열어 주었다. 조금도 어울리지 않는 남녀가 팔짱을 끼고 들어왔다. 그가 가만히 있는 걸 보고 프런트 직원이 손을 흔들었다. 그가 가방을 번쩍 들었다.

그는 일에 집중하지 못했다. 사람들이 자기에게 함부로 구는 것도 보기 싫고 아무런 대가를 치르려 하지 않는 것도 짜증스러웠다.

시간이 되자 그녀가 내려왔다. 벌써 반년째 머물렀는데도 그녀는 직원에게든 누구에게든 아는 척을 하지 않았다. 그녀가 먼저 말을 붙일 때는 오로지 투숙을 연장할 때뿐이었다.

그와 그녀의 눈이 마주쳤다. 그녀의 두 눈은 텅

비어 있었다. 그 눈은 익숙했다. 오래전 자신에게서 보았던 눈이었으니까.

사람들은 그에게 왜 한곳에 정착하지 못하는지 물었다. 그것은 어리석은 질문이었다. 만일 누구라도 그가 남아주기를 바랐다면, 기꺼이 남았을 것이다.

벨보이는 여전히 그녀가 여기 있는 이유를 알지 못한다. 하지만 그녀를 찾는 한 남자가 있었고, 이제 그 남자가 세상에 없다는 건 안다. 그는 그 사실을 절대로 그녀에게 말하지 못할 것이다.

그는 지배인에게 일을 그만두겠다고 말했다.

"딴 일을 알아보려고요."

지배인은 말없이 그를 바라보았다. 지배인도 그가 여기 언제까지고 머무르리라고는 생각하지 않았다. 처음 봤을 때 그는 아주 어렸고 예민해 보였고 갈피를 잃은 것처럼 보였다.

"언제 떠날 건가?"

한참 뒤 지배인이 입을 열었다.

"가능하면 내일요."

그는 방에 돌아와 짐을 꾸리기 시작했다. 챙길 물건은 거의 없었다. 이곳에 올 때부터 짐이 많지 않았다. 호텔 V에 양손 가득 짐을 싸 짊어지고 오는 사람들을 보면 신기한 기분이 들었다. 어쩌면 그러한 이유로 603호 여자에게 끌렸는지도 모른다. 비슷한 사람은 본능적으로 알아보는 법이니까.

그는 서랍을 열어 책을 꺼냈다. 그는 틈만 나면 책을 읽었다. 그러면 그녀에 대해 뭔가 알게 될 거라는 듯이. 책은 아무것도 말해주지 않았다. 고집스럽게 다른 말만 했다.

그가 책을 챙겼다.

그는 어디로 가야 할지 아직 정하지 못했다. 적어도 이 도시는 아니었다. 시간이 흘러 또다시 멀리멀리 달아날 구실을 찾은 셈이었다.

다음 날 아침 그가 프런트로 갔다. 그가 손에 든 책을 직원에게 건넸다.

"그 여자에게 전해 줘."

직원이 책을 팔랑팔랑 넘겼다.

"쪽지는?"

그가 쓴웃음을 지었다. 직원이 그의 어깨를 툭 쳤다.

"잘 가."

며칠 후 603호 손님이 프런트로 내려왔다. 그녀가 자신을 찾는 사람이 있는지 물었다.

"아뇨. 하지만 드릴 게 있어요."

그가 허리를 굽혀 데스크 아래 감추어 둔 책을 꺼냈다.

"누가 전해 달라는군요."

새해가 왔다. 호텔 V의 직원들은 오랜만에 분주하게 움직였다. 사람들은 일출을 보며 소원을 빌러 왔다. 그들이 사는 도시에서도 해 뜨는 걸 볼 수 있지만 굳이 이 먼 데까지 온 건 그래야 의미가 있기 때문이다. 그중에는 늦잠을 자느라 기껏 잡은 기회를 놓친 사람들도 있었다.

겨울은 추웠다. 온종일 난방 시스템을 돌려도 로비는 추웠다. 숨만 쉬어도 눈꽃이 피었다.

날이 풀리자 청소부는 일을 그만두었다. 며칠 전 딸에게서 전화가 걸려 왔다. 딸아이는 이제 건강을 생각해서 일을 그만두는 게 어떻겠느냐고 물었다. 그녀는 그게 무슨 의미인지 알았다. 육아 휴직이 끝나자 아기를 돌봐 줄 사람이 필요했던 것이다. 청소부는 딸네 집으로 가기로 결심했다.

지배인은 3월까지만 일해 달라고 부탁했다.

"그럴게요."

근무 마지막 날 그녀는 객실 구석구석을 쓸고 닦았다. 그러고도 뭔가 놓친 게 없는지 두리번거렸다. 호텔 V는 그녀의 자랑이었다. 그녀의 손이 닿지 않은 곳이 없었으니까.

청소부는 마지막으로 603호에 들어갔다. 언제나처럼 테라스에 앉아 흔들리는 바다를 바라보았다. 불과 한 달 전까지만 해도 그녀는 결코 이 비밀스러운 투숙객보다 자기가 먼저 떠날 거라고는 생각하지 않았다.

청소부는 평소보다 오래 거기 머물렀다. 그런 다음 수건을 갈고 쓰레기통을 비웠다. 먼지를 털고 침대 시트를 들추자 무언가가 눈에 띄었다. 베개 옆에 익숙한 책이 있었다.

지배인은 그녀를 대신할 추가 인력을 구하지 않았다. 물론 벨보이도 필요 없었다. 이제 호텔 V는 인원을 충원할 여력이 없었다. 직원들에게 말하지는 않았지만 곧 호텔은 팔릴 예정이었다. 몇 년 전부터 계속 적자에 시달렸기 때문이다.

직원들도 낌새를 눈치챘다. 그들도 가만히 있

을 수는 없었다.

가장 먼저 실행에 옮긴 사람은 주방장이었다. 그는 호텔 V에서 오백여 미터 떨어진 곳에 문을 연 새 호텔 수석주방장이 되었다. 그는 오랜만에 만난 전 직장 동료들에게 말했다.

"거긴 식기도 새거고, 테이블도 새거고, 모든 게 새거야. 주방은 운동장만 하고 손님들은 세련됐지."

프런트 직원은 고향으로 내려갔다. 그는 몇 년 전부터 머릿속으로 구상한 내용을 시나리오로 옮기기로 마음먹었다. 일이 끝나면 그는 새벽까지 호텔에 찾아온 손님들을 소재로 글을 끼적거렸다. 거기에는 603호 손님에 대한 글도 있었다. 그는 의처증을 가진 남자가 사라진 아내를 찾으러 다니다가 결국은 아내의 손에 들린 칼에 찔려 죽는다는 내용의 스릴러물을 쓸 계획이었다.

경리팀 여직원은 새 남자친구를 사귄 지 넉 달도 안 돼 결혼했다. 그녀의 신혼집은 대도시에 있었다. 식이 끝나는 대로 거기 들어갈 예정이었다. 지배인이 왜 그리 서두르냐고 물었다.

"간단히 말하면, 이제 저한테 심장이 두 개가

있어요."

그녀가 쑥스러워하며 말했다. 남편은 그녀보다 열두 살 연상이었다. 그는 해풍이 태아에게 해롭다고 생각했다. 아이를 낳고 나서는 아내가 전업주부로 일하기를 원했다. 근래 보기 드문 가부장적인 남자였다.

그밖에 다른 직원들도 차례차례 떠났다.

호텔 V에는 이제 지배인과 단 한 명의 손님만 남게 되었다.

그녀가 프런트로 와 투숙 기간을 연장하고 싶다고 말했다. 지배인은 호텔 문을 곧 닫는다고 말했다. 그때까지는 원하는 만큼 있어도 좋다고 말했다.

"물론 무료로요."

지배인이 덧붙였다. 청소나 룸서비스는 제공할 수 없다. 수건은 비품실에서 직접 가져다 써야 한다. 레스토랑은 진즉에 문을 닫았다.

그녀가 막 돌아서려는데 지배인이 불렀다.

"뭔지 모르지만, 잊어버리는 게 나을 겁니다."

그는 집에 돌아가는 대신 2층에 있는 직원 숙소에 묵었다. 그가 떠나면 호텔 V에 여자 혼자 남게 되는데, 그건 아무래도 위험하다는 판단에서였다.

그는 아침 일찍 일어나 호텔 문을 열었다. 밤이 되면 자물쇠를 걸어 잠그고 계단을 통해 2층으로 올라갔다. 그는 만에 하나 그녀가 찾을 경우를 대비해 프런트에 자신의 연락처를 남겨놓았다. 전화는 오지 않았다.

늦은 오후 지배인은 객실을 찬찬히 둘러보았다. 침대 시트는 흐트러져 있고 쓰레기통에서는 냄새가 났다. 찻잔에는 커피 찌꺼기가 붙어 있고 수건이 죽은 벌레처럼 여기저기 흩어져 있었다. 어디선가 물이 똑똑 떨어지는 소리가 들렸다. 누군가 욕실 수도를 잠그는 걸 깜빡한 모양이었다.

청소부들은 떠났다. 지배인은 몇 주 전부터 객실 예약을 받지 않았다. 방을 치울 필요는 없었다. 호텔은 헐기로 결정되었다. 서른 개의 다이너마이트면 6층짜리 건물쯤은 단번에 무너뜨릴 수 있다는 말을 어디선가 들었다.

그는 앞으로 뭘 할지 생각해 본 적이 없다. 원한다면 다른 호텔에 취직할 수도 있을 것이다. 호텔 V의 명성은 떨어졌을지 몰라도 지배인으로서 그의 평판은 나쁘지 않았다. 그는 이 지역에서 가장 오래 일했다. 신사적이고 귀티가 났다. 직원들이나 손님들에게나 신뢰감을 주었다.

그는 테라스로 나갔다. 멀리 해안선을 따라 산책하는 사람들이 보였다. 그중에는 맨발로 걷는 사람도 있었다. 한 여자가 가방을 깔고 앉아 발바닥에 묻은 모래를 털고 있었다.

그는 사람들이 자신을 떠나는 일에 익숙했다. 하지만 결코 자신이 먼저 떠난 적은 없다. 그가 만일 어떠한 시간을, 장소를, 사람을 떠났다면 그것은 그들이 먼저 그를 떠났기 때문이다.

호텔은 조용했다. 걷다 보니 603호 앞까지 왔다. 벌써 며칠째 그녀를 보지 못한 기분이 들었다.

그가 천천히 노크를 했다. 아무 소리도 들리지 않는다. 그녀는 자고 있을지도 모른다. 어쩌면 떠났을지도 모르고.

지배인은 조금 더 기다리다가 아래로 내려왔다.

한 남자가 프런트 앞에 서 있었다. 그가 일자리를 줄 수 있는지 물었다. 지배인이 고개를 저으며 다른 데를 알아보라고 말했다.

"이미 다 돌고 왔어요. 여기가 마지막이었지요."

남자가 너무 지쳐 보여서 지배인은 커피 한 잔

을 대접했다. 지배인은 호텔 영업이 끝난 지 오래
되었다고 말했다.

"어제 객실에 불이 켜져 있는 걸 봤는데요."

남자가 볼멘소리로 말했다.

지배인은 아무것도 설명하지 않았다. 그가 어
떻게 이해하겠는가? 그는 아무것도 이해하지 못
한다.

호텔 V는 문을 닫았다.

일 년 뒤 그 자리에는 고층 빌딩이 들어섰다. 거
리를 지나는 사람들 대부분이 거기 호텔이 있었
다는 걸 알지 못했다. 하지만 호텔 V에 한 번이라
도 머문 적 있는 사람들은 거기서 보낸 시간과 추
억들을 잊지 못했다.

그 계절은 남아 있다.

우리의 시간

나에 대한 이야기를 하자면, 먼저 내가 불행한 인간이었다는 것에서부터 시작해야 한다. 나의 부모는 가난한 사람들이었고 하나뿐인 형은 사기꾼이었다. 형은 열여덟 살에 가출한 뒤 간간이 경찰을 통해 소식을 알렸다. 아버지는 "그 녀석은 사람 새끼가 아니에요. 그러니 내 자식도 아닙니다."라는 말로 기선제압을 했다. 경찰은 난처한 표정을 지었는데, 아버지에게 기가 눌려서가 아니라 더는 이 집에서 캐낼 수 있는 게 없다는 걸 알았기 때문이다. 형은 부모를 싫어했지만 내게는 몰래 연락을 했다.

우리는 일곱 살 차이가 난다. 흔히 사기꾼이라고 하면 야비한 얼굴을 떠올리지만 형은 배우처럼 잘생겼다. 어릴 때 형이 좋다며 집까지 찾아온 여자만 해도 열 명이 넘었다. 그녀들은 하나같이 파충류처럼 흉측하게 생겼다. 나는 그녀들이 거울도 보지 않는 모양이라고 생각했다. 그런데도 형은 그녀들에게 잘해 주었다.

"그들은 사랑을 쏟고 싶은 대상이 필요한 거야. 잘생긴 사람에게는 그만한 명분이 있지."

어렸을 때는 형이 제법 어른스럽게 느껴진 적도 있다. 내가 세 살일 때 형은 열 살이었으므로 내 눈에 그는 이미 완성된 커다란 인간처럼 보였다. 형은 내가 작은 인형처럼 보였다고 했다. 항상 누워만 있는 불쌍한 작은 인형.

가출한 뒤에도 형은 가끔씩 나에게 용돈을 찔러주었다. 형이 최초로 용돈을 준 건 내가 일곱 살이 되었을 무렵이다. 형은 돈이 없으면 무시를 당한다고 했다. 부모님은 한 번도 내게 용돈을 준 적이 없다. 내가 달라고 한 적도 없지만 형이 주니까 그런 걸 보면 부모님도 형이 나쁜 짓을 하고 다니는 걸 알았던 게 틀림없다. 형은 부모님과 사이가 나빴다. 아버지는 어떻게 저런 새끼가 우리 집안에 나왔냐는 말을 밥 먹듯이 했지만 아버지는 왕년에 조폭이었다. 그런데 어머니를 만나고 배신자가 되어서 엄지를 제외한 손가락 여덟 개가 잘렸다. 아버지의 손가락은 위 두 마디가 잘려 나가 엄지랑 길이가 비슷했다. 아버지는 늘 손을 주머니에 넣고 다녔다. 밥도 따로 먹었다. 아마 우리에게도 손을 보여주는 게 부끄러웠던 모양이다.

어머니는 깡마르고 늘 약이 오른 얼굴을 했다. 그녀는 대학생 시절 방학 때 바닷가에 놀러 갔다가 아버지를 만났다. 아버지는 조직 끄나풀로 그 지역 카바레를 관리했다. 그는 새벽까지 일하고 오후 세 시까지 여관에서 잠을 잤다. 그리고 목욕탕에 다녀오는 길에 지갑을 잃어버린 어머니를 만났다. 어머니는 정장을 입고 멀끔해 보이는 아버지에게 도움을 구했다. 그가 잘생겼고 부유해 보였기 때문이다. 어머니는 순진했다. 아버지가 어머니에게 차비를 빌려주었다. 그는 카바레에서 만나는 여자들과 길가에서 만나는 여자들을 다르게 보았다.

그것은 아주 아주 슬픈 이야기였다. 만일 아버

지가 어머니에게 차비를 주지 않았다면 손가락이 잘릴 일도, 두 사람이 결혼할 일도, 나와 형이 태어날 일도 없었을 테니까. 조직폭력배와 여대생의 사랑. 아주 로맨틱해 보이지만 나와 형을 본다면 결코 로맨틱하다고 말할 수 없을 것이다.

하지만 형과 나는 사이가 좋았다. 형은 툭하면 결석하면서도 내 성적이 어떤지, 학교생활은 어떤지 관심이 많았다. 내가 상장을 받아오면 매우 기뻐했다. 또 친구들이 괴롭히지 않는지도 물었다. 나는 그건 잘 모르겠다고 말했다. 왜냐하면 친구들이 나를 괴롭히지는 않았지만 나와 친구가 되려고도 하지 않았기 때문이다. 형은 그 말을 들으면 몹시 화를 냈는데 나는 혹시라도 형이 학교 앞에 와서 행패를 부릴까 봐 걱정했다. 형은 한 번도 나타나지 않았다. 형은 아주 바빴다. 그는 거물이 되어가고 있었다. 그러던 어느 날 갑자기 형이 뉴스에 나왔다. 형은 잠적했고 더 이상 내게 연락하지 않았다. 형의 소식이 궁금했지만 찾을 방법은 없었다. 경찰도 이번만큼은 우리 가족을 가만 놔두지 않았다. 그들은 내 뒤를 미행했으며 어머니와 아버지도 뒷조사했다. 그러나 아무것도 알아내지 못했다. 형이 그 정도로 멍청하지 않기 때문이다. 아버지는 걸핏하면 자기 손이 깨끗하다고 말했는데 엄밀하게 말하면 손이 불구가 되었다고 말해야 할 것이다.

어머니는 나를 외할머니에게 맡겼다. 빚쟁이들한테 시달리기도 했고 나를 혹처럼 달고 다니기 거추장스러웠기 때문이다. 나는 나에게 할머니가 있다는 걸 처음 알았다. 그전까지는 말해 준 적이 없으니까.

어머니는 아버지와 결혼한 이래 가족과 연을 끊었다. 외할머니는 딸에 대한 증오와 분노의 시간을 보내고 있었다. 그녀는 똑똑한 자기 딸이 깡패랑 결혼할 줄은 몰랐을 것이다. 할머니는 죽 쑤어서 개 줬다고 말했다.

외할머니는 어머니와 나를 똥처럼 쳐다보았다. 하지만 딸이 손을 내밀자 아이스크림처럼 녹아버렸다.

어머니는 용건이 끝나자 홀랑 가 버렸다. 내게 잘 있으라는 말도, 언제 오겠다는 말도, 할머니 말씀을 잘 들으라는 뻔한 잔소리도 하지 않았다.

할머니는 부자였다. 널찍한 베란다에 방이 세

개나 딸린 아파트에 살았다. 할머니가 빈방 두 개 중 하나를 고르라고 했다. 나는 현관 앞에 있는 가장 작은 방을 골랐다. 할머니가 더 큰 방을 써도 된다고 했지만 나는 내가 아직 작으니 작은 방을 쓰겠다고 말했다. 형 때문이라는 말은 하지 않았다. 혹시라도 형이 오면 문에서 가까운 방이 숨겨 주기 좋을 것 같았으니까.

나는 할머니가 외출한 틈을 타 형에게 전화를 걸었다. 전원은 꺼져 있었다. 나는 형이 나를 찾을지도 모른다고 생각했다. 물어본 적은 없지만 형에게 나는 유일한 가족이었다. 형은 어머니와 아버지를 싫어했고 오직 나만 좋아했다. 오래전 일인데 내가 유치원에 가기 싫다고 하자 형이 나를 자기 학교로 데려간 적이 있다.

"내 동생이야."

형의 친구들이 나를 에워쌌다. 그들은 나보다 두 배는 크고 수다스러웠다. 그들은 나를 병아리나 강아지라도 되는 것처럼 만지작거렸다.

형은 선생님에게 들키지 않게 나를 의자 밑에 숨겼다.

"아무 소리도 내면 안 돼."

형은 키가 커서 뒤에서 두 번째 자리에 앉았다. 그래서 의자 밑에 나를 숨기면 선생님 눈에 보이지 않았다. 나는 그것이 매우 기나긴 숨바꼭질처럼 느껴졌다. 바닥은 딱딱하고 이따금 발들이 쿵쿵거렸다. 나는 무서워서 울음을 터뜨렸다. 형과 누나들이 책상을 두드리며 웃기 시작했다. 선생님은 몹시 화를 내며 형에게 당장 나를 집으로 데려다주라고 지시했다. 그 교활한 여자는 우리가 집에 가는 동안 어머니에게 고자질을 했다.

그날 밤 형은 어머니에게 매질을 당했다. 그래도 나를 원망하지는 않았다. 형은 울어서 눈이 퉁퉁 불어 터졌어도 나를 보고 씩 웃었다. 아주 잘생긴 소년이었다. 형은 사람들을 좋아했고 그들이 원하는 것을 들어주고 싶어 했다. 문제는 자기가 해 줄 수 있는 게 아니라는 거지만.

나는 할머니와 잘 지냈다. 그녀는 너무 오래 혼자 살았다. 개나 고양이도 키우지 않았다. 그런 건 밥만 축내고 말도 안 통한다고 싫어했다. 하지만 할머니는 말만 그러고 실제로는 다정한 사람이었다. 어머니는 삼 남매 중 막내였다. 방안 곳곳에는 이모와 삼촌의 사진이 걸려 있었다. 이모랑 삼촌은 어머니랑 닮지 않았다. 그들은 할머니도 닮지 않았다. 굳이 말하자면 어머니가 할머니를 좀 더 닮았다. 나는 지금껏 어머니를 예쁘다고 생각한 적이 없지만 이모를 본 순간 처음으로 어머니가 예쁘다고 생각했다.

중학교에 진학한 뒤 나는 공부에 손을 떼었다. 그래도 숙제는 꼬박꼬박했다. 나는 학교에서 문제를 일으키고 싶지 않았다. 하지만 학교가 나를 가만두지 않았다. 아이들은 내 성질을 건드렸다. 그 애들은 내가 자기들을 무시하는 줄도 모르고 나를 멍청이 취급했다. 한번은 그중 가장 못된 녀석을 손봐 주었다. 나는 내가 싸우는 데 탁월한 소질이 있는지 몰랐다. 처음으로 나는 아버지의 은혜를 느꼈다.

그때부터 아이들은 나를 깔보지 않았고 선생님들은 나를 무서워했다. 선생님들은 우리 집이 콩가루 집안인 걸 알고 있었다.

어느 날 국사 선생님이 나를 불렀다.

"네가 애들을 괴롭힌다며?"

"아닌데요."

그가 무릎을 걷어찼고 나는 앞으로 고꾸라졌다.

그가 야비한 웃음을 터뜨렸다.

"얼마 있냐?"

그가 말했다.

"호주머니에 있는 거 다 꺼내 봐."

나는 몹시 당황스러웠다. 선생이 학생 돈을 뺏으면 되냐는 말에 선생님은 손을 직각으로 세워 내 목을 가격했다. 나는 기절했지만 곧바로 깨어났다.

그날 이후 나는 일주일에 한 번씩 극사 선생에게 돈을 뜯겼다. 내가 더 이상 애들을 때리지 않는데도 그랬다. 나는 그가 내게 참교육을 하려고 그랬다고 생각했지만 나 말고 다른 피해자들도 있었다. 그 애들도 질이 좋은 학생들은 아니었다. 그해 여름 나처럼 돈을 뜯긴 녀석 하나가 그의 옆구리를 칼로 찌르고 창밖으로 떨어졌다. 국사 선생님은 죽었고 녀석은 죽지 않았다. 녀석은 촉법소년이라 감방에 들어가지는 않았지만 충격을 받은 그 애 부모가 아이를 데리고 멀리 이사를 갔다.

담임 선생님은 나를 불러서 그 일에 대해 뭔가 알고 있는지 물었다. 나는 국사 선생이 삥을 뜯었다고 말했다. 선생님은 다른 아이들을 불러서 "국사 선생님이 돈을 달라고 했니?"라고 물었다. 아이들은 입을 모아 삥을 뜯은 사람은 나라고 말했다. 그 애들은 국사 선생님이 불쌍하다고 울기까지 했다. 그래서 그 일은 안감이 뒤집힌 셔츠처럼 우스꽝스럽게 끝나고 말았다.

담임 선생님은 외할머니에게 전화를 걸어 학교로 와 달라고 말했다. 할머니는 올 거면 젊고 팔팔한 년이 오라고 소리 질렀는데, 내가 무슨 짓을 저지른 걸 직감해서였다.

담임 선생님은 우리 집에 오지 않았다. 그뿐만 아니라 나를 그림자 취급했다. 그녀는 내 가정 환경이 돼먹지 못하다고 생각했고 그것을 공교육이 해결해 줄 수 없는 문제로 여겼다. 지금 생각하면 그녀도 불쌍한 여자였다. 그녀라고 학교 가는 게 좋지는 않았을 것이다. 내가 아는 한 이 학교에서 그녀를 좋아하는 사람은 한 명도 없기 때문이다. 그녀는 늘 불만에 찬 눈으로 아이들을 노려보았는데 마치 우리가 그녀의 삶을 파괴하고 있다는 표정이었다. 그런데도 그녀는 꾸역꾸역 학교에 나왔고, 우리를 가해자 취급했고, 그것은 빌어먹을 돈 때문이었다. 나는 교직이야말로 순수하게 자원봉사로 이루어져야 한다고 생각한다. 그래야만 돈에 욕심 없는 사람들만 고사가 되려고 할 테니까.

그 사건 이후 친구들은 점점 더 나를 멀리했다. 그 애들은 아직 세상의 시궁창에 발을 담가본 적이 없어서 얼마든지 자신들이 위험을 피할 수 있다고 생각했다. 그들은 자신이 세상을 다 안다고 믿었으며, 순진하게도 나를 따돌리는 것만으로 자신이 안전해졌다고 믿었다.

어머니는 석 달 넘게 나를 보러 오지 않았다. 여기 오기 전 나는 그녀에게 왜 내가 가족과 떨어져 살아야 하는지 물었다. 어머니는 집을 팔았다고 했다. 나는 어머니도 나와 함께 외할거니 집에 있는 줄 알았지만 나만 두고 가버렸다. 어디로 가는지는 말해 주지 않았다.

나는 어머니와 아버지가 나만 두고 그 집에 살고 있을지도 모른다고 생각했다. 그래서 할머니 몰래 전에 살던 집에 가 보았다. 거기어는 다른 사람들이 살고 있었다. 대문 앞에 못 보던 빨간색 자전거가 있고 대파인지 뭔지 모를 기다란 식물을 거꾸로 처박은 화분이 있었다. 우리 집 창문에는 원래 보라색 커튼이 달려 있었지만 지금은 노란색 커튼으로 바뀌어 있었다. 내가 거기 얼쩡대는 걸 보고 나를 알아본 이웃이 다가왔다. 나는 도망쳤다.

나는 할머니에게 어머니로부터 온 소식이 없는지 물었다. 할머니는 없다고 했다. 지난 이십 년간 자식들이 어떻게 사는지 궁금해하는 법을 잊어버렸다고 했다. 그들이 자기를 찾는 경우는 늘 안 좋은 소식이 있을 때뿐이며 차라리 전화가 안 오는 게 낫다고 덧붙였다.

하지만 할머니는 자식들을 사랑했다. 이모와 삼촌의 사진과 편지, 하다못해 배냇저고리까지 모아둔 게 그 증거다. 나는 할머니 몰래 앨범을 열어보았다. 거기에는 나만 한 작은 소녀가 있었다. 너무 작아져서 배꼽이 드러난 노란색 티셔츠를 입고 계곡 바위에 서서 웃고 있었다. 앞니가 벌어져서 때가 낀 것처럼 까맣게 보였다. 어머니는 입을 벌리고 웃지 않았다. 그게 콤플렉스 때문인 줄도 모르고 네 살 때 어머니를 웃겨 보려고 했다가 그녀가 나를 집어던졌다. 나는 문턱에 얼굴을 찧어 치아가 빠졌다. 다행히 유치라서 새 이빨이 돋기는 했지만 그날 이후 나는 어머니에게 완전히 마음의 문을 닫았다.

나는 새 이빨이 돋으면 어머니처럼 내 치아도 벌어질까 봐 걱정했다. 하지만 새 치아는 풀로 붙인 것처럼 딱 붙어 있었다. 피아노 건반만큼이나 가지런했다.

형과 나는 자주 어머니한테 맞았다. 주로 말썽을 부린다는 이유였는데 억울한 적도 꽤 많았다. 어머니는 감정적이고 화가 많은 사람이었다. 반면 아버지는 한 번도 성을 내는 법이 없었다. 우리에게 손찌검을 한 적도 없다. 아버지는 깡패가 자식을 때리면 형사 처벌을 받는다는 말을 입버릇처럼 했는데 물론 우리는 그 말을 믿지 않았다. 아버지가 회초리는커녕 주먹도 쥘 수 없는 걸 알았기 때문이다.

아버지는 늘 집안에 오도카니 틀어박혀 있었다. 왕년에 깡패였다고 믿기 어려울 만큼 숫기 없고 소심한 사내였다. 어머니는 그런 아버지를 벌레 보듯 했다. 우리 집은 나라에서 나오는 보조금과 어머니가 벌어 온 푼돈으로 생활했다. 그리고 내 생각에는 사람들에게 돈을 좀 빌렸던 것 같다. 왜냐하면 이웃들이 우리를 보면 모여 있다가도 바퀴벌레처럼 흩어졌기 때문이다. 우리 집 전화통은 밤마다 불이 났다. 어머니는 받지 않았다. 그러다 언제부터인가 벨소리가 울리지 않았다. 가까이 가서 보니 전화선이 뽑혀 있었다.

형은 세상에는 어쩔 수 없는 일이 있는 법이라고 말하고는 했다. 모든 게 다 이유가 있어 보여도 원치 않게 일이 흘러가는 경우가 있는 법이라고.

형은 열여섯 살에 처음 가출을 했다. 나도 데려가 달라고 했지만 형은 내가 아직 어려서 안 된다고 했다. 한 달 뒤 경찰서에서 연락이 왔다. 형은 친구들의 집을 떠돌아다니다가 형은 친구들이 아주 많았다 여자친구의 집까지 갔다. 마음 약한 여자친구가 형을 자신의 방 옷장에 숨겨 주었다. 그 집 식구들이 외출한 사이 형은 빈집을 털었다. 여자친구가 울며불며 애원한 덕분에 풀려났지만 그 뒤로도 상습적으로 물건을 훔쳤다. 나중에는 들키지 않고 도둑질하는 법을 알아냈다. 형은 이후에도 세 번 더 가출을 했다. 그리고 마지막으로 집을 떠나기 전 자기는 이제 영원히 독립할 것이며 돈을 많이 벌면 나를 데리러 오겠다고 말했다.

형에게서는 소식이 없었다. 아마도 형이 생각하는 '많은' 돈을 버는 데 시간이 걸리는 모양이었다. 나는 애가 탔다. 그사이 점점 더 할머니에게 정이 들고 있었기 때문이다. 할머니는 이십 년 넘게 혼자 살았다. 남편이 떠나고 난 뒤 그녀는 오래도록 고독과 친구로 지냈다. 그렇다고 혼자 사는 데 익숙하리란 법은 없다. 나는 세상에는 어쩔 수 없는 일이 있는 법이라는 형의 말을 떠올렸다. 그중에는 아마 외로움도 있을 것이다.

할머니는 티는 안 내도 나와 같이 살게 되어 매우 기쁜 것 같았다. 매일 아침 따뜻한 밥을 지어 주고 내 교복 셔츠를 빳빳하게 다려 주었다. 내게 잔소리도 하지 않았고 물론 때리지도 않았다. 우리는 주말에 사이좋게 함께 외출하기도 했다. 그래봤자 장을 보는 것뿐이지만. 할머니는 내게 장바구니를 들게 하지도 않았다. 그 늙은 여자는 보살핌이라고는 받아보지 못해서 아직도 자식들을 위해 희생하던 버릇이 남아 있었다. 내가 바구니를 빼앗자 할머니는 몹시 대견해했다.

어느 날 집에 돌아오자 어머니가 와 있었다. 나는 어머니가 나를 데리러 온 줄 알고 방에 들어가 가방을 챙겼다. 하지만 그녀는 다른 용건으로 온 것이었다.

"이번 한 번만요. 네?"

"네 새끼까지 맡겨 놓고 돈도 내놓으라고? 양심 없는 년."

"애 듣겠어요. 말 좀 가려서 하세요."

"네가 애밀 가르치냐?"

두 사람의 언성이 높아졌다. 나는 방안에서 꼼짝도 하지 않았다.

잠시 후 대문 닫히는 소리가 나서 얼른 따라 나갔다. 어머니가 눈을 흘겼다.

"저는 언제 데려가요?"

내가 물었다.

"좀 더 있어. 지금은 상황이 안 좋아."

"언제 좋아지는데요? 좋아지긴 해요?"

"뭐라고?"

"엄마가 안 되면 아빠한테 데려다줘요. 아빠는 어디 있어요?"

"네 아빠 말이냐? 기차역에 있겠지."

"기차역에 취직했어요?"

"취직은 무슨. 거기서 구걸이나 하고 있겠지."

어머니가 소리 높여 웃었다.

"나는 간다. 말썽 피우지 말고."

기차역 근처에는 백 명도 넘는 노숙자들이 있었다. 그들은 냄새가 나고 더럽고 회생 가능성이 없어 보였다. 나는 예나 지금이나 인간이 가장 불결한 짐승이라고 생각하는데, 샴푸나 비누 없이 가장 빨리 더러워지는 동물은 인간이기 때문이다. 요새는 개들도 개 샴푸라는 걸 쓰는 모양이지만 그 역시 인간이 개발한 것이고, 인간 빼고 어떤 동물도 그런 걸 발명하지 않는다. 그러지 않아도 자기 몸뚱이 정도는 충분히 관리할 수 있기 때문이다.

그들을 보자 토악질이 나왔다. 특히 냄새가 견디기 어려웠다.

그 속에 내 아버지가 있을 거라고 믿기 어려웠다. 하지만 손가락이 잘리고 집도 잃어버리고 아내까지 도망갔다면 그러고도 남을 수 있다.

나는 천천히 그들을 둘러보았다. 그들은 교복을 입은 나에게는 관심이 없었다. 내게서 얻을 게 전혀 없었기 때문이다.

남자들이 다 엇비슷하게 생겨서 눈을 크게 뜨고 천천히 둘러봐야만 했다. 내 아버지는 보이지 않았다. 그것은 다행이면서도 동시에 불길한 상상을 하게 했다. 나는 한 남자가 자기 주머니에 양손을 찔러넣은 것을 보았다. 날이 푹푹 찌는 여름인데도 솜이 터져 나온 갈색 겨울 점퍼에 양손을 집어넣고 있었다. 그 순간 나는 그가 아버지처럼 손가락을 잃었을지도 모른다고 생각했다.

나는 어떤 호기심에서 그의 곁을 맴돌았다. 그의 손가락 상태를 확인하고 싶었다. 그는 쉽사리 손을 빼지 않았다. 바로 그때 좋은 생각이 났다. 내가 돈을 건네자 그가 단박에 손을 꺼냈다. 손은 정상이었다. 오징어 다리처럼 열 개 다 붙어 있었다. 그는 자신이 원하는 걸 아직 가질 수 있다.

내가 집으로 돌아오자 할머니가 어디를 갔었느냐고 물었다.

"그냥 좀 걸었어요."

"허튼짓하지 마."

할머니는 지난번 담임 교사가 우리 집에 전화를 건 이후로 내가 엇나갈까 봐 불안해했다. 물론 나쁜 짓을 한 건 아니지만 그래도 아버지를 찾으러 갔다고 말할 수는 없었다. 할머니는 아버지 얘기하는 걸 극도로 싫어했다. 아버지가 자기 딸 인생을 망쳤다고 생각했기 때문이다. 내가 보기에 인생이란 포악한 고양이 한 마리로 뒤집어지는 텃밭처럼 만만한 게 아니지만 어쨌든 할머니는 그렇게 생각했다.

내가 왜 아버지를 찾고 싶어 하는지 설명할 수 없다. 어쩌면 내가 아직 아이라서 그런지도 모른다. 아이는 부모를 필요로 하니까. 하지만 부모가 아이를 반드시 필요로 하라는 법은 없다. 심지어 아이를 죽이는 부모도 있다. 그런 사람들은 하나같이 돈이 없어서라고 말한다.

물론 나는 죽지 않았다. 어머니는 나를 혼자 사는 가엾은 노인네에게 맡겼다. 그러니까 나는 어머니의 어머니에게 맡겨진 셈인데 할머니가 나를 필요로 한 건 아니다. 할머니는 검소했지만 그것은 그녀가 더 이상 일을 할 수 없기 때문이다. 할머니는 구청에서 사십 년 가까이 일했다. 나라에서 다달이 연금을 받았다.

나는 몰래 할머니의 지갑에 손을 댔다. 그런 다음 기차역에 갔다. 아버지는 보이지 않았다. 내가 돈을 줬던 남자도 보이지 않았다. 오갈 데 없는 사람들이라고 늘 한 자리에만 있는 건 아닌 모양이다. 나는 집에 돌아와 할머니 지갑에 돈을 도로 넣어놓았다.

그러는 사이 나에게 큰일이 생겼다. 2학기 기말고사에서 1등을 한 것이다. 담임 선생님이 나를 교무실로 불렀다.

그녀는 내가 부정한 방법을 썼을 거라고 의심했다. 나는 절대로 컨닝을 하지 않았다고 주장했다. 나랑 놀려는 친구가 없고 집에 가면 놀거리가 없어서 책을 봤을 뿐이라고는 말하지 않았다. 그건 좀 비참했다.

"어서 사실대로 말해!"

선생님이 나를 다그쳤다.

"저기요, 이 선생님."

바로 그때 누군가 끼어들었다. 옆 반 국어 선생님이었다. 그녀는 아까부터 옆에서 지켜봤는데 아무런 증거도 없이 학생을 다그치고 의심하는 건 교육자로서 적절하지 못한 행동이라고 말했다.

나는 놀라서 얼어붙었다. 이 학교에서 내 편을 들어 줄 사람은 아무도 없을 거라고 생각했기 때문이다.

담임 선생님은 당황해서 얼굴이 벌겋게 달아올랐다. 두 사람은 몇 마디를 더 주고받았다. 담임 선생님은 본전도 못 찾고 나를 쫓아냈다.

내가 교무실을 나서는데 국어 선생님이 나를 불렀다. 그녀가 내 이름을 물었다.

"앞으로 도움이 필요하면 언제든 야기하렴."

하마터면 나는 눈물을 흘릴 뻔했다. 감동해서 나온 눈물이 아니었다. 선생님이 나에 대해 아는 게 아무것도 없다는 확신과 함께 그녀가 머잖아 돌변할 것에 대한 두려움에 눈물이 나온 것이다. 나는 이런 호의에 절대 속지 않는다. 지금까지 세상은 웃는 얼굴 뒤로 주먹을 숨기고 다가와 번번이 나를 후려쳤던 것이다. 나는 수없이 맞고 또 맞았다. 턱에 생긴 흉터보다 더 분하그 억울하고 사과받지 못할 상처들이 내 영혼에 있었다. 나는 고개를 꾸벅하고는 그대로 달아났다.

그 후에도 선생님은 나를 보면 미소 지었다. 하루는 선물이라며 책을 주기도 했다. 나는 그녀가 다른 아이들에게도 책을 준 적이 있는지 궁금했다. 그래서 아이들에게 그녀에 대해 물어봤지만,

그들은 못생겨가지고 성격도 더러운 노처녀라고 욕을 했다.

나는 매우 흡족했다. 나만이 그녀의 진가를 알아봤다는 사실에.

그녀는 나이도 많고 바다코끼리처럼 뚱뚱하고 걸을 때 왼쪽 다리를 살짝 절었다. 하지만 겉모습은 중요한 게 아니다. 영혼이 보이지 않는다고 말하지만 사실 영혼은 얼굴을 가지고 있다. 만일 우리가 어떤 사람을 보고 아름답다고 느끼면 그게 그 사람의 진짜 얼굴이다.

이듬해 그녀가 새 담임 선생님이 되기를 바랐지만 그런 행운은 일어나지 않았다. 하지만 2학년이 되어서도 꾸준히 1등을 했다. 선생님들은 이제 나를 문제아로 생각하지 않았다. 내게 화를 내지도 않았고, 교무실로 호출하지도 않았다. 아주 가끔이기는 하지만 가랑비 같은 미소를 지어 보이기도 했다.

할머니도 내 성적표를 보고 몹시 기뻐했다. 할머니는 내가 엄마 머리를 닮아서 그렇다고 했다. 나는 동의하지 않는다. 만일 어머니가 정말 똑똑했다면 아버지랑 결혼하지 않았을 것이고 그러면 형과 나를 낳지 않았을 테니까. 그렇지 않은가?
그녀는 너무 많은 실수를 저질렀다.

하루는 체육 시간이 끝나고 교실로 돌아오니
책상 위에 쪽지 하나가 있었다.

방과 후 강당 뒤에서 봐.

나는 쪽지를 누가 보냈는지 알았다 그 애는 3년
전까지만 해도 나의 가장 친한 친구였다. 우리는
길에서 처음 만났는데 그 애가 학교에 가려면 몇
번 버스를 타야 하냐고 말을 걸어왔다. 그 애는 전
학생이었고 뺨이 다홍색인 매력적인 소년이었다.
그 애가 우리 교실에 들어왔을 때 나는 우리가 세
상에서 가장 친한 친구가 되리라는 걸 알았다.

우리는 수업 시간만 빼면 늘 붙어 있었다. 수
업이 끝나면 사이좋게 집에 같이 갔다. 집이 반대
방향이라 두 갈래 길이 나올 때까지 함께 걸었다.
내게 그 길은 너무나도 짧게 느껴졌다.

어느 날 쉬는 시간에 그 애 책상으로 가자, 그
애는 말없이 일어나서 밖으로 나갔다. 다른 친구
들과 어울렸고 나를 보면 눈을 돌렸다. 방과 후

에도 먼저 집에 가버렸다. 다음날 왜 그랬는지 묻자 이제 나랑 같이 갈 수 없다고 말했다. 집에 갈 때 동생을 챙기지 않아서 부모님에게 혼났다는 것이다.

"그럼 동생이랑 셋이 가면 되잖아."

내가 말했다.

"동생이 낯을 가려서 안 돼."

나는 그러지 말고 솔직하게 말하라고 추궁했다. 그 애가 머뭇거렸다.

"내가 너랑 달라서야."

나는 내가 얼마나 눈치가 없었는지 깨달았다. 그 애 아버지는 의사였다. 그 애는 나처럼 같은 옷을 매일 입지도 않았고, 일부러 준비물을 빼먹고 와서 능청을 떠는 일도 없었다.

나는 그 애의 집에 가본 적도 있다. 그 집은 방뿐만 아니라 모든 게 컸다. 소파, 식탁, 티브이, 심지어 화분까지도.

그 애 어머니는 집에 있는데도 화장을 하고 발목까지 오는 사락거리는 원피스를 입었다. 그녀가 조각 케이크를 예쁜 접시에 담아 가져왔다. 나는 특별한 날도 아닌데 케이크가 집에 있다는 데 몹시 충격을 받았다. 나는 생일에도 케이크를 받아본 적이 없다. 그녀가 나에 대해 꼬치꼬치 캐물었고 나는 순진하게 미끼를 물었다.

내가 더 이상 그 애와 함께할 이유는 없었다. 우리는 멀어졌다.

학교라는 데가 없어져야 하는 이유는 나에게 상처 준 사람과 곧 죽어도 매일 봐야 하기 때문이다. 지옥 같은 일 년이 지나고 우리는 같은 중학교에 입학했다. 우리는 서로 아는 척하지 않았다. 그 애는 친구들에게 인기가 많았다. 반면 나는 혼자였다.

"왜 보자는 건데?"

강당에 가자 그 애가 먼저 와 있었다.

"받아."

그 애가 뭔가를 건넸다. 그것은 일기장이었다.

거기에는 지난 3년간 그의 괴로움이 고스란히 기록되어 있었다. 부모님이 나에 대해 좋지 않은 말을 한 것, 친구들이 내가 깡패 아들이라고 말한 것, 우리 집이 찢어지게 가난하다는 것 등. 이미 내가 아는 이야기라도 남을 통해서 들으니 상처를 후벼파듯 아팠다. 그 애는 자신이 철이 없었고 그때 일에 대해 깊이 뉘우치고 있으니 이제라도 용서해 달라고 일기 말미에 넌지시 말했다.

나는 다음날 그 애를 찾아가 노트를 돌려주었다.

"가져."

그 애가 말했다.

"너 주려고 쓴 거니까."

나는 눈앞에서 일기장을 찢어버렸다.

"내 거니까 이렇게 해도 되겠지."

내 화가 풀렸으리라 생각했다면 오산이다. 물론 조금 놀라기는 했지만 기쁘지도 않았다. 오히려 슬펐다. 나는 그 애가 왜 손을 내밀었는지 안다. 내 평판이 좋아지자 용기가 생긴 것이다.

나는 국어 선생님에게 가서 나를 도와달라고 말했다. 그녀는 내 가정사를 대충 알고 있었다. 귀머거리가 아닌 이상 모르는 게 이상했다. 선생님이 어떻게 도와주면 되는지 물었다. 나는 아버지와 어머니가 어디 있는지 알고 싶다고 했다.

일주일 뒤 그녀가 교무실로 불렀다.

"네 아버지 소식은 몰라. 하지만 어머니가 어디 계시는지는 알아냈어. 실망하지 않는다고 약속하면 알려 줄게."

“실망은 지겹도록 했어요.”

일요일 오후, 나는 선생님이 가르쳐 준 주소로 갔다. 이 주소가 맞나 미심쩍었다. 내가 전에 살던 집과는 비교가 안 되게 좋은 집이었기 때문이다.

나는 한참을 서성거렸다. 대문이 열리고 한 여자아이가 튀어나왔다.

“우리 집 앞에서 뭐 해?”

“그냥 지나가는 길이야.”

“거짓말하지 마. 아까부터 거기 있는 걸 봤어.”

“지나가는 길이라고 했잖아!”

나는 소리치고 달아났다. 삼십 분 뒤 다시 돌아왔을 때 여자아이는 아직도 거기 서 있었다. 내가 아주 잘 아는 여자와 함께.

나는 늘 내가 태어나지 말았어야 했다고 생각했다. 내가 보기에 인간은 그저 누군가의 과거일 뿐이다. 아름다운 과거 아니면 후회스러운 과거.

나는 밤늦게까지 길거리를 쏘다녔다. 내가 정신을 차렸을 때 그곳은 기차역이었다. 부랑자들이 거기 모여 있는 이유는 기차역이야말로 가장 눈에 띄지 않는 장소이기 때문이다. 그들은 떠나거나 돌아온 사람들 속에 웅덩이처럼 고여 있다. 그런

데 이제 보니 그들이 거기 있는 이유가 누군가를 기다리기 때문일지도 모른다는 생각이 들었다.

나는 오래전 내가 돈을 준 남자가 거기 있는 걸 보았다. 그는 한동안 보이지 않았었다. 여전히 두툼한 옷을 껴입고 소맷부리를 주머니에 찔러 넣은 채 웅크리고 있었다. 내가 그의 곁으로 가자 그가 나를 알아보고 손을 꺼냈다. 나는 고개를 저었다. 그가 다시 손을 넣었다.

나는 그에게 아버지를 찾고 있다고 말했다. 아버지가 손가락이 없어서 늘 주머니 안에 손을 넣고 다닌다고 했다.

"내가 네 아버지가 되어주는 건 어떠냐."

그것은 불가능했다. 그가 나의 아버지가 되어줄 수는 없었다. 내 아버지는 손가락이 없어야 한다. 내가 날 위해 손가락을 자를 수 있냐고 묻자 그가 욕을 하며 나를 내쫓았다.

하지만 나는 그를 놀린 게 아니었다. 만일 그가 손가락을 자른다면 정말로 아버지라고 부를 생각이었다.

내게 필요한 건 믿을 수 있는 사람이다. 내가 어떤 사람이든 믿어 주는 존재만 있다면 나는 그가 원하는 사람이 되어 줄 자신이 있다. 그게 어떤 사람인지 물어볼 필요는 없다. 누군가 원하는 사람이란 본질적으로 같기 때문이다.

나는 형의 소식을 기다렸다. 이렇게 오랫동안 연락이 안 된 적은 처음이었다. 나는 뉴스를 뒤적여 보았다. 형이 잡혔다는 기사는 없었다.

어느 날 수업이 끝나고 집에 가는데 누군가 나를 쫓아오는 느낌이 들었다. 나는 형과 관련된 사람일 거라고 짐작했다. 전에도 몇 번 그런 적이 있었다. 나는 종종걸음으로 걸었다. 그를 따돌렸다고 생각한 순간 그가 내 앞을 가로막았다.

우리는 근처 상가 옥상에 올라갔다. 형은 수염을 길러서인지 수척하고 피곤해 보였다. 그래도 반반한 얼굴만은 여전했다. 나는 형에게 어떻게 지냈는지 물었다.

"여기저기 숨어 지냈지. 여관에서도 자고 찜질방에서도 자고."

형이 아버지와 어머니의 소식을 물었다. 나는 내가 아는 대로 대답했다. 두 사람을 찾으러 갔었다는 말은 하지 않았다. 그건 좀 나답지 않은 행동 같았다.

“넌 어떻게 지냈어?”

나는 아무 말도 하지 않았다. 형이 없는 동안 겪은 일들을 하나하나 말하기 어려웠다. 나는 성장했다.

형이 어디에 있냐고 물어서 나는 외할머니 집에 있다고 말했다. 형은 할머니를 딱 한 번 본 적이 있다고 했다. 내가 태어나기 훨씬 전에. 나는 약간 배신감을 느꼈다. 형이 한 번도 할머니 얘기를 해 준 적이 없었기 때문이다. 형은 할머니를 괴팍하고 심보가 고약한 여자로 기억하고 있었다. 나는 그땐 그랬을지 몰라도 지금은 그저 외로움이 할퀴고 간 불쌍한 노인네라고 말했다.

나는 형에게 같이 살자고 말했다. 할머니 집에 남는 방이 하나 있으며 얘기만 잘하면 할머니가 형을 숨겨 줄 거라고 말이다.

형이 고개를 저었다.

“나는 일주일 뒤에 여기를 뜰 거야.”

형은 도피 생활 중에 한 여자를 만났고 결혼을 약속했다고 했다. 일주일 뒤에 그녀와 함께 외국으로 도망칠 계획이라는 것이다.

“여자친구가 임신했어.”

나는 내 귀를 의심했다. 그것은 이제껏 내가 형에게 들은 말 중 가장 어리석은 말이었다. 나는 웃음을 터뜨렸다. 그리고 형의 계획이 얼마나 어처구니없는지 아느냐고 물었다.

"그럴지도 모르지. 하지만 막상 자식이 생기니 전에는 느껴본 적 없는 감정이 느껴져. 새사람이 되어야겠다는."

형의 눈이 비장해 보였다. 나는 웃기를 멈추었다.

"그럼 자수하는 게 어때. 형은 아직 어려. 감옥에 오래 있지는 않을 거야."

"아빠 없이 애 혼자 크게 하라고?"

형이 말했다.

"난 아빠가 범죄자라는 소리를 듣게 하고 싶지 않아. 난 아버지처럼 살지 않을 거야."

나는 충격으로 할 말을 찾지 못했다. 솔직히 말하면 형을 바보 멍청이라고 욕하고 싶었다.

나는 형이 나를 데리러 오기만을 기다렸다. 부모님은 나를 버려도 형만큼은 내 곁에 있어 줄 거라고 믿었다. 하지만 형도 나를 떠날 생각이었다.

나는 훌쩍훌쩍 울기 시작했다. 형이 당황해서 나를 달랬다.

"그럼 조금만 더 있다 가."

내가 애원했다.

"안 돼."

"오랫동안 못 볼 수도 있잖아."

형은 마음이 약해졌다.

"오늘 밤까지만이야."

나는 형과 함께 할머니 집으로 갔다. 내가 먼저 안으로 들어갔고 형이 기다렸다가 신발을 양손에 들고 들어왔다.

할머니는 아무것도 눈치채지 못했다. 우리는 식탁에 마주앉아 식사를 했다. 나는 밥을 먹는 둥 마는 둥 했다. 그릇을 치우는 척하며 사과 한 알을 챙겨 방으로 들어갔다.

형은 자고 있었다. 고단했는지 이불까지 덮고 아기처럼 쌔근쌔근 잠들어 있었다.

나는 조용히 방문을 닫고 나왔다. 그리고 할머니에게 가서 경찰을 불러 달라고 말했다.

"나중에 다 설명할게요. 아무것도 묻지 마세요. 빨리요."

할머니가 나를 물끄러미 보다가 전화기를 들었다.

경찰은 금방 왔다. 그들이 형을 잡아갔고 나는 여기에 끌려왔다. 그게 내가 이 이야기를 시작한 이유다.

경찰이 왜 형을 신고했는지 물었다. 나도 왜 그랬는지 모른다. 그저 그럴 수밖에 없었다는 말 외에는.

형이 수감된 지 얼마 지나지 않아 형의 아이를 가진 여자를 만났다. 그녀는 끔찍했다. 예전에 형을 찾아온 여자들 못지않게 못 봐주게 생긴 여자였다. 한 가지 다른 점이 있다면 우리보다 더 찢어지게 가난하다는 것이다. 그녀는 부도조차 없었다.

그녀는 임신 25주차인데도 아직 배가 나오지 않았다. 고작 스무 살인데도 영양 상태가 좋지 않았다. 할머니가 그녀를 우리 집으로 데려왔다. 그녀는 보살핌이 필요했다.

할머니는 그녀에게 두 번째로 큰방을 내주었다.

이제 우리 집에는 세 사람이 산다. 아니 뱃속에 든 아기까지 네 사람.

할머니가 식사 준비를 하면 그녀는 조용히 방에서 나와 거들었다. 할머니랑 장을 보러 가고,

내가 없는 동안 할머니의 말벗이 되어주었다. 그
것은 이전에는 내가 했던 역할들이다.

그녀는 나를 보면 웃지도 않고 말도 하지 않는
다. 내가 말을 붙이면 방안으로 쌩 들어가 버린
다. 내가 그녀라도 나를 용서하기 어려울 것이다.
당분간은. 그것은 시간이 필요한 문제다.

광인과 나

그 여자는 매일 아침 카페에 나타나 책을 읽었
다. 책은 일부러 펼쳐놓은 것일 수도 있다. 왜냐
하면 그 여자가 카페에서 독서보다 더 많이 하는
일은 기침하기와 돌아다니기였기 때문이다.

카페는 마흔 평 남짓 되는 공간으로 산책하기
좋았다. 그녀는 다리를 팔자로 벌리고 왼쪽 다리
를 약간 절며 걸었다. 코스는 딱히 정해져 있지
않다. 왼쪽으로 한 바퀴 돌기도 했고 오른쪽으로
한 바퀴 돌기도 했다. 갑자기 중앙을 가로지르기
도 했다. 그러다 지치면 카운터로 가서 물 한 잔
을 요구했다. 직원들이 애써 미소를 지으며 물을

건네면 그 여자는 물을 한 모금 마시고 또다시 걸었는데 뒷짐까지 진 모습이 아주 만족스러운 표정이었다.

그 여자는 한번 기침을 시작하면 서른 번은 했다. 그것은 듣는 사람까지 몹시 괴로워지는 기침이었다. 목구멍에 걸린 먼지가 죽을 때까지 빠지지 않을 것 같은 소리였다. 하지만 영원할 것 같던 그 기침 소리도 언젠가는 멎었다. 그것은 그녀에게도, 손님들에게도 다행스러운 일이었다.

그녀는 내가 오기 전부터 카페의 단골이었다. 그녀는 하루도 거르지 않고 왔다. 내가 갈 때마다 있었으니까.

그녀는 아주 부지런한 여자였다. 게다가 커피값도 정당하게 지불했다. 항상 쿠키나 케이크도 곁들였는데 그 점에서 나보다 경제적으로 여유가 있다고 할 만했다. 그것은 조금 부당한 기분을 느끼게 했다. 왜냐하면 어딘가 나사 하나가 빠져 보이는 것과 별개로 그녀가 결코 생산적인 활동을 할 수 없을 것 같았기 때문이다.

그녀가 또다시 기침을 시작했다. 감기에 걸린 건 아니었다. 그것은 습관이거나 정서적인 문제였다. 나는 그녀가 어딘가 이상하다는 생각은 했지만 그 이상으로 진지하게 생각해 본 적은 없다.

그러던 어느 날 나는 그녀의 얼굴을 정면에서 보았다. 내가 무슨 생각에서인지 고개를 들었을 때 그녀가 내 쪽을 향해 걸어왔다.

나는 옷차림만 보고 그녀가 나보다 어릴 거라고 생각했었다. 그녀가 분홍색 야구모자에 흰 티셔츠, 물 빠진 청바지에 아동화처럼 앞코에 동그랗게 포인트를 준 스니커즈를 신고 있었기 때문이다. 납작한 가슴과 성냥개비처럼 가는 팔다리는 덜 자란 어린아이처럼 보이게 했다. 하지만 가까이서 본 얼굴은 나보다 많거나 비슷했다. 그것은 광인의 얼굴이었다 여기서 문득 이런 의문이 든다. 광인의 얼굴은 무엇일까? 광인의 얼굴이라는 게 따로 존재하기는 할까?.

그녀의 얼굴은 군데군데 버짐이 피고 들창코에 눈은 작고 가늘었다. 입술은 각질이 올라온 짙은 포도색이었다. 그녀는 그것을 고깔 모양으로 접은 종이처럼 벌렸다. 시선은 정면보다 약간 위를 향해 있었는데 마치 눈이 내린 걸 본 아이들이 흥분하기 직전의 고요한 얼굴 같았다. 하지만 그녀는 흥분한 적이 없다. 아무리 인파가 붐벼도 절대로 흥분하는 일이 없었다. 내가 아는 한(?) 광인을 자극하는 건 사람들인데 그녀는 평정심을 유지했다.

나는 내 옆에 다른 사람들도 그녀를 의식하는 걸 느꼈다. 자주 본 사람들은 심드렁했지만 처음 본 사람들은 눈을 떼지 못했다. 거기에는 그녀가 자신을 해코지할지도 모른다는 공포심도 포함되어 있었다. 일반적이지 않은 것들은 두려움을 주니까. 그러나 그녀는 조금도 위험한 사람이 아니었다. 직원들도 가만 내버려 두었다. 얼굴에 노루궁뎅이버섯 색깔의 버짐이 피고, 삼십 분에 한 번씩 돌아다니고, 서른 번이 넘게 기침을 한다는 이유만 가지고 쫓아낼 수는 없는 일이니까.

그러나 내가 그녀를 보고 놀란 데는 다른 이유가 있다. 얼굴이 왠지 낯이 익었기 때문이다.

나는 그녀를 어디에서 봤는지 떠올리려고 애썼다. 한 번 더 자세히 보려고 고개를 돌렸지만 그녀는 내 옆을 지나쳐 버렸다. 가위로 한번에 싹둑 자른 듯 반듯하고 기름 낀 검은 머리칼이 심한 반동에 의해 왼쪽으로 흔들렸다가 제자리로 돌아왔다. 그 리듬은 매우 규칙적이었다. 그녀는 아주 느리게 걸었다. 내가 팔짱을 끼고 생각에 잠겨 있는 사이 자기 자리로 돌아갔는데 커다란 나무 화분에 가려 잘 보이지 않았다.

나는 화장실에 가는 척하면서 그녀를 보았다. 그녀가 케이크를 잘라 입속에 집어넣었다. 나는 아무리 미친 사람도 콧구멍에 음식을 넣지 않는구나 하고 생각하며 그녀를 유심히 보았다. 여전히 아무것도 떠오르지 않았다. 확실한 건 그녀를 봤던 그 '어딘가'와 아마도 그때 느낀 내 인상과 상념이 수개월이 흘러 그녀를 목격했을 때 어떤 중요한 연결고리를 형성했다는 점이다.

나는 카페에 갈 때마다 그녀를 보았다. 이제 그녀는 예사롭지 않아 보였다. 나는 아직도 그녀가 누군지 알아내지 못했다. 분명한 건 그것을 기억해 내는 일이 내게 몹시 중요해졌다는 사실이다. 그녀가 기침을 시작하자 사람들의 눈썹이 올라갔다.

그러던 어느 날 아주 우연찮은 계기로 그 답을 찾아냈다. 나는 전철역에 있었다. 눈앞에서 전철을 놓쳤고 스크린도어에 붙은 전광판을 보았다.

스크린도어에는 실종자 사진이 붙어 있었다. 세어 보지는 않았지만 못 해도 서른 명 가까이 되었다. 처음 봤을 때 나는 조금 놀랐다. 그것은 범죄수배자 전단과는 다른 불길한 느낌을 주었다. 나는 세상에 그토록 많은 실종자가 있다는 데 놀라며 그들의 잔인한 운명에 놀라며 그 사진들을 스웨덴 국립미술관에서 날아온 그림처럼 보았다.

얼굴들은 너무 많아서 특징이 없었다. 특징이 있어도 마찬가지였다. 그들의 표정은 텅 비어 보였고 그 이유는 그 얼굴이 죽음과 가깝게 보였기 때문이다. 그들은 최소 십 년 전에 실종되었다. 대개는 어린아이들이었다.

2003년 실종(당시 11세)
파란 스웨트 조끼에 노란색 반바지
××백화점에서 실종

사진 밑에는 실종 당시 아이들의 특이 사항이 짤막하게 적혀 있었다. 나는 그게 얼마나 도움이 될까 궁금했다. 그런 단편적인 사실만으로 한 인간의 행적을 좇기에 세월이란 결코 단순하지 않기 때문이다.

나는 그들이 이미 죽었거나 이 나라가 아닌 다

른 나라에 있을 거라고 생각했다. 그들이 개미처럼 작아져 버린 게 아니라면, 마네킹처럼 자신의 삶에 의문을 품지 않는다면 결코 가족을 찾지 못하는 일은 없을 테니까 말이다.

그런데도 나는 어떤 설명하기 힘든 비상한 호기심에서 사진들을 찬찬히 훑어보았다. 다섯 번째 열까지 갔을 때였다. 한 여자아이의 사진이 눈에 들어왔다. 아이는 다른 실종자들에 비해 나이가 제법 들어 보였다. 하지만 사진 하단에 적힌 그 애 나이는 겨우 열세 살이었을 뿐이다. 다른 아이들은 금방이라도 울 것 같은 표정이거나 바짝 긴장한 얼굴인데 홀로 천진난만하게 웃고 있었다.

1997년 실종(당시 13세)
지적 장애 2급
오른쪽 귀 아래 볼펜으로 찍은 것 같은 점이 세 개 있음

아이를 어디서 잃어버렸는지는 적혀 있지 않았다. 아마도 여백 특성상 세 줄만 적을 수 있게 되어 있는 모양이었다. 부모는 고심 끝에 자기 아이를 찾을 만한 가장 중요한 특징 세 가지를 골랐을

것이다.

나는 사진에서 눈을 떼지 못했다. 그다지 예쁘장한 얼굴은 아니었다. 하지만 아이의 미소는 나를 설명할 수 없는 슬픔에 빠뜨렸다. 아마도 '지적 장애 2급'이라는 단어 때문에 그런 것 같았다. 지금쯤 그 미소를 잃어버렸을 거라는 생각이 들었다.

나는 아이가 누군지 알아차렸다. 그 애는 아주 가까운 곳에 있었다. 바로 카페의 광인이었다.

그녀는 어른이 되어서도 크게 변하지 않았다. 나이에 비해 겉늙어 보이는 얼굴이 두 사람이 동일 인물인 걸 알기 쉽게 해 주었다. 사진 속에서도 그녀의 두 눈은 공중에 떠 있었다. 이제 보니 렌즈가 아닌 그 뒤편에 있는 자기 부모를 보고 있는 거였다.

다음 날 아침 나는 평소보다 일찍 집을 나섰다. 해야 할 일이 있었다. 그녀의 귀밑에 있는 점 세 개를 확인하는 것.

그녀는 나보다 먼저 와서 책을 읽고 있었다. 예전에 나는 그녀가 책을 읽는 게 그저 '시늉'일 뿐이라고 생각했었다. 책장은 정전기가 인 머리칼

처럼 수직으로 떠올라 있었다. 그녀는 그것을 손
으로 누르거나 다른 무언가로 고정시키지 않고
고개를 왼쪽으로 꺾어서 읽었다. 그걸 보고 있노
라면 내 고개도 같이 아플 지경이었다. 나는 아이
의 부모가 말한 점 세 개를 확인하려고 했지만 머
리칼 때문에 볼 수가 없었다.

그녀는 십 분 정도 책을 읽은 뒤 수도꼭지를 원
위치로 돌리듯 고개를 세웠다. 그런 다음 필통으
로 그녀는 천으로 된 필통을 늘 가지고 다녔다 책장을 지그
시 누른 다음 일어나서 카페를 돌기 시작했다. 나
는 그녀가 멀리 가기를 기다려 얼른 책장을 세 장
넘긴 다음 필통으로 눌러놓았다. 그녀는 책을 읽
은 시간보다 더 오래 카페를 돌고 와서 자리에 앉
았다. 왼쪽으로 고개를 꺾어 책을 읽더니 세 장
앞으로 넘겼다. 그녀는 자신이 어디까지 읽었는
지 정확하게 알고 있었다.

그녀는 문장을 아주 느리게 읽었다. 책장이 양
면인 게 유전자 검사보다 내 일을 수월하게 해 주
었다. 마침내 그녀의 목이 오른쪽으로 돌아갔고
머리칼이 젖혀지면서 귀밑이 드러났다. 거기에
점 세 개가 찍혀 있었다.

그녀는 광인이 아니었다. 지적 장애를 가졌을 뿐이다. 그것은 다행인 동시에 나를 곤혹스럽게 했다. 그 여자의 영혼이 광기에 갉아 먹히지 않을지언정, 사람들은 여전히 그녀에게서 적대감을 거두지 않았기 때문이다. 설령 그게 지적 장애 때문인 걸 알게 된다 하더라도 별반 달라지지는 않을 것이다.

나는 실종 광고를 낸 기관에 전화해 아이 부모의 연락처를 알아냈다. 그들은 아직도 딸의 연락을 기다리고 있었다. 통화 연결음이 울리자마자 한 남자가 전화를 받았다.

그가 무슨 일인지 물었다.

"따님과 비슷하게 생긴 사람을 봤어요."

내가 말했다.

"귀밑에 검은 점도 있더군요."

수화기 건너편에서는 말이 없었다. 나는 얌전히 기다렸다. 기쁨의 눈물을 참고 있거나 너무 놀라서 기절해 버렸는지도 모르는 일이니까.

"제 딸과 무슨 관계인가요?"

잠시 후 건너편에서 퉁명스러운 목소리가 나타났다.

"카페에서 몇 번 얼굴을 봤어요. 몇 번은 아니고 열 번은 넘을 거예요. 따님은 매일 그곳에 와요. 늘 책을 읽지요."

"거기가 어디요?"

내가 카페 이름을 말했고 남자가 알겠다며 전화를 끊었다. 몇 날 며칠 나는 눈물겨운 상봉을 기다렸다. 그러나 그들은 나타나지 않았다. 그녀를 눈여겨보는 사람은 오직 나뿐이었다. 나는 실망하지 않았다. 그뿐만 아니라 그녀의 가족을 이해한다. 아마도 이런 연락을 받은 게 한두 번이 아니었을 것이다. 못해도 백번 넘게 그들은 잘못된 제보 전화를 받았을 것이다.

나는 남의 불행을 가지고 장난치는 사람들이 생각보다 많다는 걸 알고 있다. 그들이 하나뿐인 아이를 잃었다고 해서 몇 번이고 희망이 절망이 되어야 할 이유는 없다. 그들은 내 말에 어딘가 신빙성이 부족하다고 여긴 게 틀림없다. 내가 그녀의 연인이나 친구가 아니라서가 아니라, 딸이 어디 끌려가서 몸을 팔거나 노숙을 하거나 마사지 가게 전단지를 나누어주고 있는 게 아니라 카페에서 고상하게 책을 읽는다는 점이 미심쩍은 것 같았다.

일주일 뒤 나는 다시 그녀의 가족에게 전화를 걸었다. 남자가 나를 기억하고 인사를 했다.

"혹시 만나 보셨나요?"

"네. 제 딸이 아니더군요."

그가 기다렸다는 듯 대답했다.

"가까이서 보셨어요? 점 세 개도 확인하셨고요?"

"네. 애석하게도 그 앤 내 딸이 아닙니다."

그가 마치 자신이 아닌 나를 위로하는 투로 말했다.

"거짓말하지 마세요. 제가 매일 따님 옆에 앉아 있었지만 그녀에게 말을 붙이거나 가까이 오는 사람은 한 명도 없었어요."

내가 부르르 떨며 말했다.

"그 앤 내 딸이 아니에요."

남자가 전화를 끊었다.

다음 날 오후 나는 카페로 찾아갔다. 그녀는 문명사회라는 동물원에 던져놓은 교양 있는 짐승처럼 앉아 있었다. 그녀를 보고 있자면 인생을 어떻게 사는가는 정답이 없는 것 같았다.

나는 그녀에게 말을 걸었다. 그녀의 흰자위가 부드럽게 움직였고 검은 동공이 얼음 위에 던진 원반처럼 내게로 날아왔다.

"그 책은 저도 읽었어요."

"……."

"저도 읽었다고요."

내가 미소를 지었지만 그녀는 웃지 않았다. 마치 독극물이라도 마신 것처럼 입가에 경련이 일더니 갑자기 기침을 시작했다. 내가 서둘러 냅킨을 가져다주었지만 좀처럼 멈추지 않았다. 나는 기다렸다. 그녀는 평소보다 길게 기침을 했다. 마흔여덟 번 하고 나서야 진정했다.

나는 그녀에게 실종자 사진을 꺼내서 보여주었다.

"이 사람을 아세요?"

그녀가 눈을 끔뻑거렸다. 종이를 입에 넣고 삼킬까 봐 걱정했지만 다행히 그러지는 않았다. 그녀는 케이크와 종이를 구별했다.

"몰라요."

"한 번만 더 자세히 봐요. 낯이 익지 않아요?"

"처음 봐요."

"지금 같이 사는 사람이 누구예요?

그녀가 손으로 자신의 뺨을 벅벅 긁었다. 버짐이 핀 얼굴에 비행기 꼬리가 남기고 간 구름처럼 길게 손톱자국이 났다.

"남편이요."

"결혼사진 있어요?"

"아뇨."

"남편은 언제 만났어요?"

"오래전에요."

"뭘 하는 사람이에요?"

"사업가예요."

"무슨 사업이요?"

"몰라요."

"거봐요. 당신은 아무것도 몰라요."

나는 이 사진 속 아이가 그녀라고 말했다. 오른쪽 귀밑에 있는 점 세 개가 그 증거라고 말이다. 그녀는 자신의 귀밑에 점 세 개가 있는지 몰랐다. 놀라운 일은 아니다. 누구도 자신의 귀밑을 보지 않는다. 나도 내 뒷목에 손톱만 한 큰 점이 있는 걸 스물세 살에 처음 알았다. 그걸 알려준 여자는 길을 걷다 말고 갑자기 내 목덜미를 쓰다듬었다.

내가 놀라서 돌아보자 그녀는 얼굴을 붉히며 목에 있는 게 벌레인 줄 알았다고 말했다. 이후 나는 누군가 또다시 내 목덜미를 만져주기를 바랐지만 아무도 그러지 않았다.

나는 그녀의 테이블로 의자를 바짝 당겨 앉았다. 그녀는 흠칫 놀라면서도 내 커피를 내려놓을 수 있게 자신의 책을 치워 주었다.

나는 그녀에게 부모가 있는지 물었다. 그녀는 자신이 고아라고 했다. 그 이유는 사람이 죽으면 하늘로 가는데 자신은 하늘을 보면 기분이 좋아지기 때문이라고 했다. 나는 모든 사람이 하늘을 보면 기분이 좋아지며 그것은 텅 빈 하늘이 눈의 피로를 풀어 주기 때문이라고 말했다.

"당신은 고아가 아니에요. 아직 부모가 살아 있지요."

나는 부모가 이십칠 년째 그녀를 찾고 있으며 그 일로 몹시 불행해한다고 말했다. 그녀가 불행이라는 감정이 뭔지 모르는 것 같아서 화장실에 간 사이 책을 옷자락 안에 숨겼다. 그녀는 책이 없어진 걸 알고 당혹스러워했다. 그녀가 가방을 빨래처럼 뒤집어서 탈탈 털었다. 가방에서 과자

봉지와 껌 종이, 볼펜, 영수증, 먼지가 쏟아졌다. 직원들이 웬 소란인가 하고 쳐다보았다. 나는 손을 들어 괜찮다는 제스처를 취했다. 그들은 안심하고 새침하게 눈을 내리깔았다. 내가 품에서 책을 꺼냈다.

"그게 바로 상실의 아픔이라는 겁니다."

내가 말했다.

그녀는 감수성이 풍부한 여자였다. 아주 예민하고 섬세할 뿐만 아니라 특히 자신의 소유물에 민감했다. 그녀는 책을 받자마자 자신의 가방 안에 집어넣었다. 컵과 필통, 심지어 냅킨까지 가방 안에 넣었다. 그러고도 부족한지 입고 있던 재킷 단추를 목까지 잠갔다.

"부모님에 대한 기억을 떠올려 봐요."

그녀는 가방을 껴안고 고개를 절레절레 흔들었다. 아까 내가 책을 숨긴 일로 토라진 게 틀림없었다. 내가 장난이었다고 말해도 외국어를 들은 것 같은 표정을 지었다. 그것이 나를 조금 슬프게 했다. 장난을 이해하지 못하는 게 그들의 삶이 힘든 이유니까.

"그럼 남편을 만나기 전까지는 누구와 함께 살

았어요?"

그녀는 '할머니'라고 말했다. 그러더니 갑자기 기침을 하기 시작했다. 인터뷰는 중단되었다. 그녀는 인내와 사랑을 필요로 했다. 고통스러운 기침은 계속되었고 내게 그 모습은 무의식이 기억을 누르기 위한 일종의 방어기제처럼 보였다.

그녀와의 인터뷰는 지속하기 어려웠다. 내가 남편을 어떻게 만났는지 묻자 그녀가 벌떡 일어나 배낭을 멨다. 나가는 줄 알았는데 그건 아니었다. 그저 내가 훔칠까 봐 가방을 챙겼을 뿐이다. 그녀가 비틀거리며 걷기 시작했고 나는 참을성 있는 매니저처럼 그녀를 기다렸다.

한 남자가 아까부터 나를 흘끔거렸다. 그는 사십 대 후반 정도로 보였고 따분하게 생긴 금속테 안경을 끼고 언제나 노트북을 펴놓고 앉아 있었다. 나는 그가 영화평론가이거나 그 비슷한 직업을 가졌을 거라고 생각했다. 그러나 가까이서 본 그는 아무것도 하지 않았다. 카페에는 그런 사람들이 많이 온다. 무얼 하는지 알 수 없는 사람들. 그런데도 먹고 사는 데 아무런 지장이 없는 사람들.

그가 나를 미심쩍은 눈으로 쳐다보았다. 나도 같이 미쳤는지 확인해 보려는 것 같았다. 아니면 내가 그 여자의 불안정한 정신 상태를 이용해 금전을 갈취하려고 하는 게 아닌가 감시하는 것 같았다. 내가 그녀의 가족을 찾아 주려고 한다는 것을 상상할 능력이 그 얼간이에게는 없다.

그녀가 돌아왔다. 그녀는 아직 내가 거기 있는 것에 놀라면서도 침착하게 자리에 앉았다. 그리고 가방에서 책을 꺼냈다. 나도 일부러 말을 걸지 않았다. 그녀가 책을 펼치더니 고개를 꺾어서 읽기 시작했다. 물론 집중하지 못하는 게 당연했다.

그녀가 떠날 때까지 나는 거기 머물러 있었다.

이튿날 옆에 앉았지만 그녀는 나를 피하지 않았다. 입술을 떨기는 했지만 나 때문은 아니고 기침이 나오려고 해서 그런 것이었다. 나는 그녀가 긴장하거나 난처한 상황에 놓이면 기침을 한다는 걸 알게 되었다.

"남편은 다정한가요?"

나는 그녀의 남편이 불법적인 일에 그녀를 끌어들이거나 방안에 가두어 놓고 노예처럼 부려 먹는지도 모른다고 생각했다. 그녀가 자기 양말

한 짝도 못 뺄 것 같기는 했지만 그건 모를 일이다. 세상엔 별의별 이유로 타인의 인생을 망가뜨리는 취미를 가진 변태싸이코들이 많으니까.

"그는 나를 귀찮게 하지 않아요."

그녀가 대답했다.

나는 다른 가족은 없는지 물었다. 아이나 노인, 다른 젊은 여자들, 혹은 지능이 떨어지는.

"없어요."

그녀는 더 이상 책을 읽지 않았다. 기침도, 산책도 하지 않았다. 다리를 꼬고 나를 힐끔거렸다. 나는 이제 그녀의 테이블에 자연스럽게 착석했다. 그녀를 미행했고 어디에 사는지 알아냈다. 나는 그녀의 남편이라는 사람이 누구인지도 알아냈다. 그는 머리에 문제가 있어 보이지 않았다. 나이가 조금 많기는 했지만 눈빛도 정상이고 걸음걸이도 정상이었다. 사업가인지 뭔지는 몰라도 아침 일찍 자동차를 운전해서 떠나는 걸 보면 어엿한 일자리도 있는 모양이었다. 남편이 떠나고 나면 두 시간 뒤에 그녀가 나왔다. 나도 카페로 갔다. 그러면 그녀는 거기 있었다. 마치 나를 기다리고 있었다는 듯이.

그녀가 먼저 말을 건 적은 없다. 하지만 나에게 하고 싶은 말이 있는 걸 느낄 수 있었다. 오래 보다 보면 그렇게 된다. 상대에 대한 친밀감이 질문으로 바뀌는 순간이 온다. 어느 날 그녀가 처음으로 먼저 입을 열었다.

"남편에게 당신에 대해 말했어요."

"뭐라구요?"

"남편은 당신이 미친 사람이래요. 그러니까 상대도 하지 말래요."

나는 처음부터 그녀의 마음을 여는 게 쉽지 않을 거라고 생각했다. 모든 사람이 자신을 피한다면 어떻게 친구가 될 용기를 낼 수 있겠는가? 그녀를 보면 고슴도치들이 체온을 나누고 싶어 몸을 붙이지만 서로의 가시에 찔려서 아프다는 우화가 떠올랐다. 그녀의 가시는 광기이고 정확하게 말하면 지능이 낮은 것이지만 사람들의 가시는 선입견이다. 나는 가시는 없지만 그녀의 가시에 찔리는 고통을 감수할 준비가 되어 있었다.

나는 그녀에게 책을 선물했다. 원래는 책 말고 사탕이나 머리핀을 줄까 했지만 지적 장애와 유치함은 다른 것 같았다. 나는 지난번 내가 책을 숨겼던 일의 트라우마를 치료해 주고 싶었다. 그래서 책을 골랐다. 그것은 내가 쓴 책이지만 내가 말하지 않는 이상 아무도 모른다.

나는 시도 쓰고, 소설도 쓰고, 에세이도 쓰고, 자서전도 쓴다. 단, 다른 사람의 이름으로.

내가 쓴 책은 열 권이 넘지만 그중에 나의 책은 한 권도 없다. 내가 하는 일은 돈을 받고 다른 사람의 인생 이야기나 무용담을 들어주는 것이다.

나도 한때는 내 것을 쓴 적이 있다. 그것은 아주 아름다운 소설이었다. 나는 원고를 오십 개가 넘는 출판사에 보냈다. 그 책을 계약하려는 곳은 어디도 없었다. 하지만 내가 다른 사람의 이름으로 쓴 과장되고 거짓부렁으로 가득한 책은 아름답다고 극찬을 받았다.

그녀는 그 책을 심드렁하게 보았다. 나는 거기서 하지 말아야 할 실수를 했다. 내가 그 책을 쓴 진짜 작가라고 고백한 것이다. 그것은 절대로 발설해서는 안 되는 비밀이었다. 아마도 그녀의 쓸쓸하고 고립된 자아가 진실을 말하고 싶은 내 욕구를 자극한 것 같았다.

"이 사람은 여자인데요."

그녀가 책 표지를 가리키며 말했다.

"네. 이름만 빌려서 쓴 거예요. 이 여자는 토씨 하나 관여한 게 없지요."

저자는 스물아홉 살 미모의 변호사로 자신의 어린 시절을 바탕으로 한 자전 소설을 쓰고 싶다고 했다. 의뢰인이 후한 값을 제시했고 나는 기꺼이 받아들였다.

나는 석 달에 걸쳐 소설을 완성했다. 그 책은 권위 있는 상을 받았다. 그녀는 이 책을 쓴 사람이 나라는 게 새어나가기라도 하면 사회에서 영원히 매장당할 줄 알라고 협박했는데 그 말은 새겨들을 필요가 있었다.

나는 눈앞의 고슴도치가 내 말을 이해했는지 두려움에 차서 쳐다보았다.

그녀는 표지에 있는 작가의 사진을 물끄러미 보았다. 작가는 검은 목 폴라를 입고 팔짱을 낀 채 정면을 응시하고 있었다.

"이것도 장난인가요?"

그녀가 말했다. 나는 웃음을 터뜨렸다.

"내가 당신 부모를 만나게 해 줄게요."

내가 본론을 꺼냈다.

그녀는 대꾸하지 않았다. 그 대신 일어나서 걷기 시작했다 가방은 메지 않았다. 나는 그녀의 뒤를 쫓아갔다. 테이블 간격이 좁아서 나란히 걸을 수는 없었다. 그녀가 앞장서면 내가 뒤따라갔다. 막상 해 보니 나쁘지 않았다. 위에서 사람들의 정수리를 내려다보고 있자니 마치 무의미라는 감옥에 갇힌 사람들을 감시하는 교도관이 된 기분이 들었다.

다음날 평소처럼 카페에 가서 커피를 주문하는데 직원이 그녀와 무슨 관계인지 물었다.

"친구입니다."

그것은 순간적으로 튀어나온 대답이었다. 막상 말하고 나니 틀린 말도 아니었다. 나는 그녀가 어디에 살고 몇 살이며 과거에 어떤 끔찍한 비극을 겪었는지 안다. 아직 그녀가 말한 '할머니'가 어떤 사람인지는 알아내지 못했지만 복지센터장이나 보육원장이 유력하다 어쨌거나 그녀는 불리한 조건 속에서도 잘 자랐다. 그녀가 결혼을 했고, 매일 카페에 드나들 만한 경제적 여유가 있으며, 진도가 잘 안 나가기는 하지만 분명 독서를 한다는 점에서 더더욱 그러했다.

　카페 직원들은 몹시 싹싹했다. 그들은 나를 보면 수줍게 미소 지었고 요청하지도 않은 물잔을 챙겨주기도 했다. 그것만으로도 지금껏 그녀 때문에 얼마나 마음고생을 했는지 알 수 있었다. 그들은 이제 내가 있어서 무척 든든한 것 같았다. 그뿐만이 아니다. 카페 손님들도 전처럼 그녀를 두려워하지 않았다. 그녀가 침 뱉는 라마처럼 공격적인 재채기를 계속해도 눈치를 주지 않았다. 내가 옆에 있어서 안심했다. 그들은 그녀가 어딘가 남들과 다르다는 걸 깨닫고 동정심을 품기 시작했다. 나의 존재가 그녀를 동정받아야 할 대상으로 바꾼 것이다. 하지만 그 기저를 자세히 분석해 보면 사실은 나를 동정하는 것이다.

　그녀는 부모가 자기를 왜 잃어버렸는지 물었다. 나는 대답하지 못했다. 사람들이 잃어버린 것을 찾는 이유는 어떻게 잃어버렸는지 알지 못하기 때문이다. 만일 그들이 어떻게 잃어버렸는지 안다면 찾든지 포기하든지 선택하기가 좀 더 수월했을 것이다. 무엇보다 이 경우는 그녀가 사라진 것이므로 자기가 그 대답을 알고 있어야 하는 게 맞다.

그녀를 쫓아다닌 지 여드레째 되던 날 그녀는 자신의 부모를 만나겠노라고 말했다.

"모레 가도록 하죠."

나는 격앙되어서 말했다. 언제 어디서 만날지 정할 필요는 없었다. 우리는 아무런 약속을 하지 않고도 서로를 만날 수 있다.

나는 서둘러 집으로 돌아왔다. 할 일이 많았다. 그녀의 부모와 만날 약속부터 잡아야만 했다.

나는 그녀의 아버지에게 전화를 걸었다. 지난번과 달리 그는 나타나지 않았다. 신호가 한 번 만에 꺼지는 걸 보니 내 번호를 차단한 모양이었다.

나는 거리로 나가 공중전화를 찾았다. 다행히 공중전화는 도심 여기저기에 추억처럼 남아 있었고 세상을 구하는 유용한 일을 하게 해 주었다.

"대체 왜 이러는 겁니까?"

그가 따졌다.

"선생님이 따님을 봤다는 게 거짓말이기 때문이죠. 저는 언제나 그녀의 곁에 있었어요."

"안 봐도 그 애가 내 딸이 아니라는 건 알 수 있어요."

"초능력이라도 가지고 계신가 보죠?"

"우리 딸은 죽었어요. 이십칠 년 전에 괴한에 납치되어 목숨을 잃었어요. 내가 직접 두 눈으로 시신을 확인했어요."

나는 멈칫했다.

"그럼 왜 죽은 딸을 찾는 겁니까?"

"집사람은 우리 애가 죽은 걸 몰라요. 아내는 딸아이를 잃어버린 뒤 실성해 버렸어요. 나는 그 애가 죽었다고 차마 말할 수 없었어요. 그걸 알면 창밖으로 뛰어내릴까 봐 두려웠거든요. 이제 더 이상 날 귀찮게 하지 마세요."

그가 전화를 끊었다.

나는 수화기를 든 채 멍하니 서 있었다. 그제야 그가 왜 그토록 말을 아꼈는지, 수세적이었는지, 퉁명스러웠는지 알 것 같았다. 그는 자기 딸을 찾고 싶지 않은 것이다. 딸이 죽어서가 아니라 자기가 딸을 버렸기 때문이다.

그는 아픈 딸을 책임질 자신이 없어서 어느 날 아내 몰래 아이를 길 한복판에 세워둔 채 도망쳐 놓고 가여운 아버지 행세를 하는 게 틀림없었다. 그는 이십칠 년간 실종자 광고지에 아이를 찾는

다고 거짓말을 하며 자신의 인생에 잃어버린 뭔가를 찾고 있었다. 절대 찾을 수 없는 것.

나는 우울해진 기분으로 카페에 갔다. 그녀는 책을 읽고 있었다. 그녀가 나를 보고 책장을 덮었다. 표지가 눈에 익었다.

"글솜씨가 제법이네요."

그녀가 몽골 초원만큼이나 밋밋한 억양으로 칭찬해 주었다.

"이제 갈까요?"

그녀가 엉덩이를 일으켰다. 나는 갈 수 없다고 말했다.

"왜요?"

그녀가 다시 앉았다. 나는 그녀의 아버지가 그녀를 일부러 버렸다고 말할 수 없었다. 그녀는 이제 자신이 고아가 아니라는 걸 눈곱만큼도 의심하지 않았다. 그녀는 행복해 보였다.

"오늘은 컨디션이 안 좋아요. 미안하지만 다음 주로 미루어야겠어요."

그녀는 실망한 기색이었다. 그것은 사실이 아니다. 그녀는 어떠한 표정도 짓지 않았다. 그 얼굴은 큐브보다 더 맞추기 어려웠다.

내가 아무 말도 하지 않자 그녀는 내 눈치를 보기 시작했다. 급기야 팔꿈치로 케이크가 담긴 접시를 내 쪽으로 밀었다. 그녀는 언제부터인가 포크를 두 개 준비했다 직원들이 챙겨준 걸지도 모른다. 나는 그것을 한 번도 먹은 적이 없다. 자존심 때문은 아니고 단 걸 좋아하지 않기 때문이다. 당이 많은 음식은 건강에 좋지 않을뿐더러 인생에도 이롭지 않다.

일주일 동안 나는 그 여자 아버지의 마음을 돌리기 위해 애썼다. 그는 끝내 입에 담지 못할 험한 욕설을 퍼부었고 아예 전화기를 꺼 버렸다. 다음날 나는 다른 공중전화를 찾아가 전화를 걸었다. 그는 나타나지 않았다.

나는 어쩔 수 없이 경찰서에 갔다. 내가 실종된 그의 딸을 찾았고 두 사람을 만나게 해 주려고 했지만 그 남자가 도통 전화를 안 받는다고 설명했다. 내가 증거물로 전단지를 보여주었다.

"따님은 아버지를 보고 싶어 해요."

"기다리세요."

경찰이 그에게 전화를 걸었고 두 사람은 약 오분가량 통화했다. 경찰은 한 손을 바지 주머니에 찔러 넣고 껄렁껄렁하게 다리를 떨었다. 통화를 마친 그가 나를 향해 몸을 돌렸다.

"불쌍한 남자를 괴롭히지 마세요."

경찰은 태도를 백팔십도 바꾸었다. 나를 정신 나간 사람 취급했다. 그의 딸이 죽은 걸 확인했고 그건 거짓말이다. 경찰은 그 남자와 겨우 오 분 통화했을 뿐이다 그 남자는 세상의 어떤 싱크홀보다 더 큰 공허와 상실을 이겨내기 위해 노력하고 있다는 것이다.

내가 죽은 딸을 실종된 것처럼 위장해 찾고 있는 게 기만죄에 해당하지 않느냐고 물었지만 경찰은 기망죄는 있어도 기만죄는 없으며 설령 그렇다 하더라도 그 남자를 처벌할 법적 근거가 부족하다고 말했다.

"그 대신 당신을 처벌할 수는 있겠죠."

경찰이 말했다.

"그게 말이 돼요?"

내가 깔깔거리며 웃었다. 경찰이 험악한 표정을 지었다.

"병원은 정기적으로 가세요?"

나는 그의 말에 대꾸하는 대신 경찰서를 나와버렸다. 나는 몹시 기분이 나빴다. 어째서 경찰이 내가 아닌 그 남자의 말을 믿었는지 모르겠다. 나는 경찰이 일을 하기 싫어서라고 결론지었다. 사건 경위를 조사하고 자신의 딸을 개처럼 유기한 남자에게 어떤 처벌을 내려야 할지 골치 아팠던 게 틀림없다.

다음 주에 나는 감기에 걸린 척했다. 우리는 이제 한 쌍이 되어 기침을 했다. 우리의 기침은 닮은 구석이 있었다. 둘 다 정신적인 문제로 기침을 하고 있었다. 사람들이 불쾌한 얼굴로 우리를 쳐다보았다. 나는 그들을 향해 가운뎃손가락을 날렸다.

나는 그녀의 부모와 만나는 일을 한 주 더 미루었다. 그녀는 의심하지 않았지만 언제까지 거짓말을 할 수는 없었다. 애초에 그녀에게 접근한 이유가 가족을 찾아주기 위해서였기 때문이다. 나는 그 일이 쉬울 거라고 생각했었다. 그건 착각이었다. 우리가 찾아야 할 것은 훨씬 더 어렵고 복잡미묘한 것이었다. 미소와 관련된 것이었으니까.

그녀와 이 상태로 친구 상태로 계속 지낼 수는 없었다. 그것은 소설로 치면 사건 해결의 키를 가진 인물이 후반부에 와서 아무런 이유 없이 갑자기 사라져 버리는 것과 같다. 그것이 잘못된 건 아니지만 깐깐한 독자라면 누구도 그 작품을 수준 높은 작품이라고 평가하지는 않을 것이다.

나는 진실을 고백하기로 마음먹었다. 그녀는 의자 등받이에 건 배낭처럼 입을 벌리고 나를 보고 있었다. 언제부턴가 책을 읽지 않았다. 책 대신 나를 보았다. 그녀가 내 표정을 읽었을지 궁금하다. 분명한 건 그녀가 독해력은 떨어질지 몰라도 기억력은 좋다는 점이다. 나는 그녀가 책장을 세 장 앞으로 넘긴 걸 기억하고 있다. 나는 부모를 찾아줄 수 없다고 말했다.

"내가 착각했어요."

내가 비통한 목소리로 말했다.

"그들이 당신을 잃어버린 게 아니라 당신이 그들을 잃어버린 거예요."

그녀는 이해하지 못했다. 이해하지 못하는 게 당연했다. 그건 너무나도 우회적이고 비유적인 말이었으니까.

나는 몇 날 며칠 그녀에게 어떻게 말해야 하나 고민했다. 나는 그들이 그녀를 일부러 버렸다고 직접적으로 말할 수가 없었다.

그녀가 두 눈을 깜빡거렸다. 그 말의 뜻을 이해하기 위해 안간힘을 썼다. 그 증거로 눈알이 눈두덩 속에 사라졌다 나타났다 했다. 기침은 하지 않았다. 잠시 후 그녀가 물었다.

"내가 다시 고아가 된 건가요?"

"그런 셈이죠."

나는 먼저 카페를 떠났다. 우리는 잘 가라는 말도, 또 보자는 말도 하지 않았다. 여태껏 그러한 인사는 단 한 번도 해 본 적이 없다. 그것은 우리 사이에 불필요한 말이었다. 그녀는 매일 거기 있었고 나는 그것을 알고 있었다. 나는 늘 그녀를 찾아갔다.

다음날 나는 카페에 가지 않았다. 다음 날도. 그다음 날도.

그녀가 나를 기다리고 있을지도 모른다는 생각이 들었지만 카페에 갈 수는 없었다. 내가 해 줄 일이 없었으니까. 직원들 역시 내가 왜 오지 않는지 궁금해할지도 모른다. 그들은 내가 그녀의 친구라고 믿고 있었다. 이제 와서 친구가 아니라고 해명할 수도 없었다.

나는 미뤄두었던 작업을 다시 시작했다. 그동

안 그녀 일을 신경 쓰느라 거의 한 줄도 쓰지 못했던 것이다. 의뢰는 많지 않아도 꾸준히 들어왔다. 그들의 이야기를 듣고 있노라면 내가 마치 별을 따 주는 사람이 된 기분이 든다. 만질 수도 없고, 가질 수도 없는 별을 대신 따 주는 사람. 그러나 그들이 기뻐할수록 내 머리 위 어둠은 더 깊어진다.

나는 동네에 있는 다른 카페에 드나들었다. 이상한 사람은 없었다. 하지만 다른 의미로 이상한 사람들은 많았다.

나는 저녁에 그녀의 집 근처에 갔다. 그녀의 남편은 이미 퇴근해서 아내를 기다리고 있었다. 그동안 지켜본 결과 그는 조금도 나쁜 사람이 아니었다. 오히려 보통 사람보다 더 다정하고, 이해심이 있었다. 언제나 문밖에 서서 줄담배를 피우며 외출한 아내를 기다렸고 그녀가 보이면 달려가 덥석 안아 주었다.

나는 매일 밤 그녀의 아버지에게 전화를 걸었다. 나는 아직 그 남자를 설득하는 일을 포기하지 않았다. 남자는 받을 때도 있고 받지 않을 때도 있었다. 어쩌다 전화를 받으면 아두 말도 하지 않

았다. 귀를 바짝 갖다 대면 희미하게 숨소리가 났
다. 내가 입을 열면 누군가는 말을 해야 한다 그는 끊었
다. 그러던 어느 날 어떤 여자가 전화를 받았다.
나는 그녀가 남자가 말한 실성한 아내라는 걸 눈
치챘다. 그녀는 남편이 휴대폰을 두고 외출했다
고 말했다.

"누구라고 전해드릴까요?"

그녀가 물었다. 그 순간 나는 그녀에게 딸의 존
재에 대해 말할까 말까 고민했다. 딸이 아직 생존
해 있으며, 당신 남편이 딸을 버렸다고 말이다.

그러나 결과적으로 그러지 못했다. 그 여자가
몹시 가여웠고 내가 말하게 될 진실 때문에 그녀
가 다시금 인간에 대한 희망을 잃게 되는 일이 두
려웠으니까. 물론 그것은 핑계일지도 모른다.

나는 전화를 끊었다.

작가의 말

나에게 글쓰기란 욕망과 무의식을 비추는 거울
과도 같다. 막연한 이미지 하나를 가지고 글을 써
내려가다 보면 어느 순간 전혀 예기치 못한 방향
으로 인물이 만들어지고 사건이 전개되고는 한다.

여기 실린 세 편의 이야기 또한 그렇다.

호텔이 문을 닫고도 떠나지 못하는 지배인, 가
족의 결핍을 다른 사랑으로 채우는 중학생 소년,
카페에서 만난 낯선 여자의 이야기를 찾아다니는
수상한 대필 작가.

이 이야기들은 전부 작년에 쓰였다. 개인적으
로 큰 시련을 겪고 있을 때였다.

소설과 현실의 경계를 넘나드는 일은 힘들지만
적어도 나에게 있어서는 꼭 필요한 일이다. 나는
세상이 좀 더 견딜 만해지기를 바라며, 그것을 영
혼의 밑바닥에 있는 선과 따뜻함이 해결해 주리
라 믿는다.

이 책은 그러한 소망을 담고 있다.

┌ *Geuneul* ┐
단편선 001

호텔 V의 투숙객

초판인쇄 2025년 11월 28일
초판발행 2025년 11월 28일

지은이 양지윤
발행인 채종준

출판총괄 박능원
책임편집 조지원
디자인 박능원
마케팅 문선영
전자책 정담자리
국제업무 채보라

브랜드 그늘
주소 경기도 파주시 회동길 230(문발동)
문의 ksibook1@kstudy.com

발행처 한국학술정보(주)
출판신고 2003년 9월 25일 제406-2003-000012호
인쇄 북토리

ISBN 979-11-7457-253-0 03810

그늘은 한국학술정보(주)의 소설 출판 전문브랜드입니다.
더운 여름날 그늘 밑에서 편하게 읽을 수 있는 책이라는 의미를 담았습니다.
세상에 없던 스토리를 발굴하고, 우리가 닿지 못한 세계의 그림자를 찾아봅니다.
스토리 속 일상의 즐거움을 발견할 수 있도록 이야기의 쉼터가 되겠습니다.

@geuneul_book